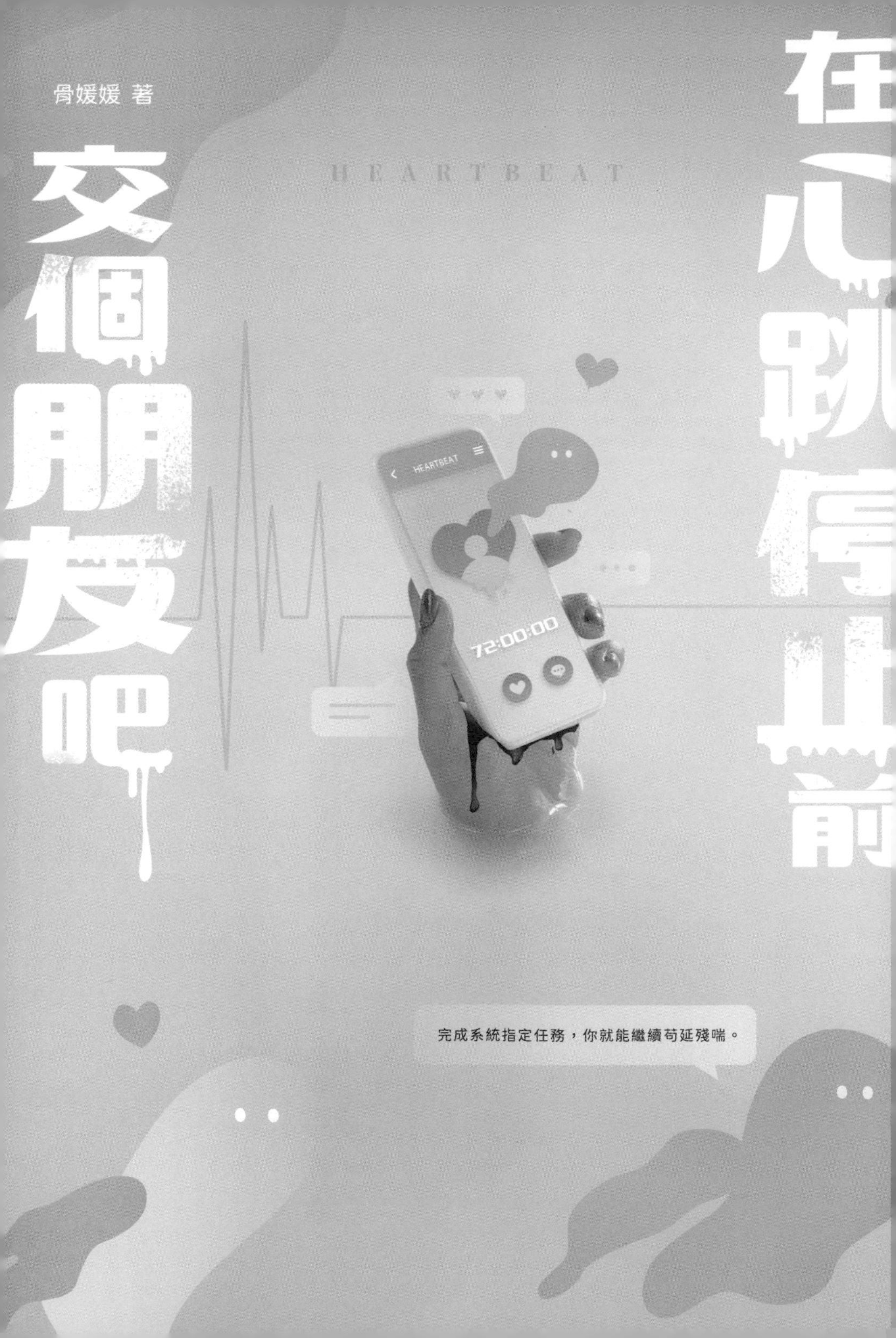
在心跳停止前
交個朋友吧
骨媛媛 著
HEARTBEAT
72:00:00
完成系統指定任務，你就能繼續苟延殘喘。

第一章 見鬼的交友軟體

認識延江宇的人都會說：他是一個沒有心的人。

「延大帥哥，怎麼最近有空吃飯？」

「我分手了。」

火鍋店裡白煙蒸騰。啵、啵啵、啵，沸騰的湯裡氣泡出現得快、上浮得快，消失得更快，像極他過去的每場愛情，短暫又微不足道，消逝之後，就不留一點痕跡。

他的朋友聽完，靜默，接著忍不住爆出一聲鵝叫。附近客人同時側目，以為有人放鵝進屋，結果是一位男大生抱著肚子在笑。

笑裡三分同情，七分嘲諷，但延江宇並不在意。

「江宇，不是我在說。你怎麼一個換過一個，還一個比一個時間更短？」巫有津笑到停不下來，眼角甚至擠出了幾滴淚。

他和延江宇是舊識，高中同班，更在同一間大學就讀同系所，「才大四而已，你不會現在體力就不行了吧？你幫幫忙，別讓我一直輸好不好？」

每次延江宇一交女友，就會有人開啟賭盤，賭這次的女友能不能撐過三個月。就目前戰績來看，巫有津不說是屢戰屢敗，也是十賭九輸，而罪魁禍首完全沒有要檢討的意思。

其他人鬧成一團，紛紛笑著起鬨，「巫有津，請客、請客、請客啦！願賭服輸！」

「請客就請客。你們別笑成這樣，有點良心，能不能安慰下剛失戀的人？」

巫有津搖頭，手搭上延江宇肩側，話裡語重心長，「你看看，就只有我相信你會覓得良緣。沒關係，好馬不吃回頭草，天涯何處無芳草！女朋友再找就有。兄弟，你別難過，我會一直在你身邊……」

「嗯，謝了。」延江宇打斷他未盡的話，笑容冷淡，毫無難過之意，「剛剛就你笑得最大聲，你以為我沒聽見？把手拿開。」

「好凶喔，人家也不是誰都可以的耶。」被嫌棄的巫有津假裝拭淚。

一群人聽到他們對話，邊笑邊調侃，「你們在一起好了。巫有津，你管好他，別放他出去禍害別人。」

這年紀的學生多半如此，沒事就喜歡聽聽八卦。

延江宇會分手，在眾人意料之中。認識他的人都知道，延江宇雖然有副好皮囊，但是渣到連演都不想演，良心餵狗了！

面對朋友們的閒言閒語，延江宇大多時候都微笑以對。對他來說，分手是一回生二回熟的事。如今他總想，分手也沒什麼大不了的，能長久維持的感情就好比天邊碎星子，雖有耀眼的殼，卻擺在觸之不及的位置。

是的，他確實沒有心。

別人說他冷血無情，延江宇承認。惡名在外，他也不曾反駁。

他這副模樣，巫有津早已看慣。說好聽是豁達，實際上更接近對外在評價毫不在意，是一種消極的自甘墮落。

每次開啟賭局，巫有津都暗自抱著「延江宇能改邪歸正」的希望，可惜奇蹟至今未曾發生。

雖然不是第一次請客，但一瞅到菜單價格，巫有津的心還是在淌血。

他心裡一嘆，算了，就當欠延江宇的，畢竟平時他不知罩了自己多少堂課。

「江宇，你是在交友軟體認識你前女友的嗎？我最近從別人那聽來一款新的APP，說是介面很好用。」

一圈閒聊過去，又有人聊回交友一事。

「我用了幾天，上面女生還不錯！回覆率意外很高，也都算好聊，你要不要載來用看看？」

延江宇緩緩抬起眼皮，嘴角抿起好看的弧度，笑意掛在臉上。

不過只是幾個文字訊息，要怎麼判斷對方好或不好？他沒把內心想法說出口，說了不僅掃興，還顯得他難相處。

「你怎麼只推給他，我也需要吧？是什麼APP？」巫有津倒是很有興趣。

「念起來是叫『心跳APP』，不過……」那人舌頭打結，似是有些難以啟齒，支支吾吾了半天，決定直接拿給他們看。

巫有津湊過頭，不看還好，一看，再次笑出那辨識度極佳的鵝叫。

延江宇聽見，趕緊用眼神向隔壁桌表示歉意，收拾完殘局才轉過頭問：「這麼好笑？」

「這年頭居然還有人這樣取名？」巫有津笑到肚子痛，扶著腰遞過手機，「看起來跟詐騙一樣。小A，你確定這東西沒毒？」

巫有津不是第一次笑得這麼浮誇，別人常說他陽光，延江宇只覺他兩光。這樣一鬧，延江宇原本興致缺缺，現在也被勾起好奇心。

他瞄了一眼，視線停留在手機螢幕上——

心★跳☆APP

華麗星形不斷閃爍，產品名稱如此藝術，確定介面設計不會讓用戶吐血？

延江宇的稱讚向來敷衍，他看完後評價，「很有創意。」

小A總分辨不出他的稱讚到底是不是稱讚，「還以爲會被你噴爛？」

「怎麼會，我不批評人的。」延江宇拿出手機，三兩下找到APP點了安裝。

顯示安裝進度的藍條緩慢前進，至少還要三分鐘，以交友軟體來說偏久。

延江宇正想隨意擱置手機，餘光卻瞥到螢幕畫面閃了閃，藍條轉爲暗紅，如鮮血溢出。

他愣住，眨眨眼，不動聲色地又看一次。畫面恢復正常，藍條進度才跑不到一半。

「小A，這個軟體是誰推薦——」

「好耶，載好了！」

延江宇話還沒問完，巫有津已經載完程式，迫不及待地點開。

歡迎頁面是幾頁翻動式介紹，最後停留在APP的宣傳詞上。

「心跳APP，讓你不由自主的心☆跳★加♀速♂！」

廉價的粉紅泡泡晃動，在句子兩旁不斷上飄。

巫有津再次笑出鵝叫。

吃完飯後，延江宇轉開鐵門鎖，屋內空無一人。

他習慣這份安靜。從高中開始，家裡就一直是這副死人模樣，冷冷清清。

由於成長經歷特殊，過去曾有青少年輔導志工詢問他是否需要協助，但延江宇淺淡一笑就婉拒了對方好意。認爲與其把時間耗在他身上，不如去關心其他更有需要的人，這是他沒說出口的眞心話。

口袋傳來震動，延江宇拿出手機一看，是中午載好的交友APP在催促他認識新人。

雖然他在下載APP時有遇上異狀，但看其他人都沒什麼反應，他也就不再糾結那一瞬間瞥見的詭譎畫面。他想，這情況也不是第一次發生了，他就當自己是腦袋接錯線，不願細究。

他撂下背包，癱倒在電腦椅上，滑開心跳APP。

這交友軟體挺奇妙，自我介紹中可以讓人自由塡寫的欄位不多，甚至連頭貼也不讓放，取而代之的是一堆心理測驗和虛擬頭像。

延江宇放空腦袋亂點，快不耐煩時，終於出現「恭喜完成自我介紹」的提示詞。

接著，一整排虛擬頭像出現在畫面。系統解釋，這些是按照心理測驗爲他挑選的對象，每天午夜十二點會換一批，一批裡最多只能選一位。

換言之，一天最多認識一個人，保證交友的深度與品質。

延江宇載這款APP只是想打發時間，不是眞心要交友，他連對方的自我介紹都懶得看，隨意點了位頭像神似芭比娃娃，綽號「繩圈圈」的人。

一配對好，他往聊天室丟了一張內建的貼圖，便將手機扔一邊。

繩圈圈幾乎是秒讀秒回。這是新載的程式，他還來不及關提醒，訊息音一刻未停。

延江宇上次遇到類似情形，是他某任女友吵著要復合。

他嘆口氣，晚餐準備到一半，趁著炊飯空檔滑開聊天室。

長江：〔貼圖〕

繩圈圈：「在嗎」

繩圈圈：「在嗎？」

繩圈圈：「爲什麼不理我？」

繩圈圈：「在在在在在在嗎？？？？？」

不至於吧？才離開十分鐘，這跳針似的訊息是怎麼回事？他記得早上是有聽到「回覆率高」這件事，但也不用高成這樣？

「配對確認，死亡倒數計時開始，請與您的配對對象盡速見面！」

手機持續震動，延江宇冷眼掃向螢幕，那行寫著「死亡倒數」的系統訊息，在他眼中荒謬到可笑。

他試圖從聊天介面尋找解除配對的選項，卻怎麼都找不到。

繩圈圈的虛擬頭像不討喜，輕微泛紫的眼窩像營養不良的黑眼圈，或花掉的眼妝。

延江宇揉揉眼睛，有點後悔沒想清楚就載下這莫名其妙的程式。

此時，繩圈圈還在鍥而不捨地傳訊息，延江宇沒回覆半句，他退出程式，打算直接解除安裝。

這次，他順利找到了移除的按鈕，但螢幕上的清除程序怎麼跑都跑不完。

他的視線迅速掠過畫面頂端，紅綠提示框強勢霸占視線——

「程式清除失敗。死亡倒數計時中，請與您的配對對象盡速見面！」

倒數計時器像是寄生蟲，死纏在他的主頁不放。上頭時間顯示七十小時左右，秒數還在不斷下降，看樣子是倒數三天。一樣是紅綠死亡配色，美感差到讓延江宇眼疼。

縄圈圈像是不知疲憊的機器人，「在嗎」二字轟炸式地發出，他的螢幕畫面被對話和提示框占滿八成，和遭病毒惡意入侵沒有兩樣。

不僅如此，縄圈圈頭像的黑眼圈也越來越重，眼眶周遭甚至浮現烏紫斑塊。怨念若有似無，自她的雙眼緩緩滲出螢幕，讓人心生不祥。

延江宇感覺自己惹上了爛攤子，長嘆之後，單手把聊天室的慘況「喀嚓」截圖，接著點開群組。

長江：〔圖片〕
長江：「你們有遇到這狀況嗎？」
小A辣：「哇，這妹子也太急了吧！」
小A辣：「就說這裡回覆率很高，我推薦得好:D」
綠油精：「好個頭，煩都煩死了。我連聲音都關不掉啊靠北？什麼垃圾軟體？」
小A辣：「但我可以關啊？欸！等等……」
小A辣：〔圖片〕
小A辣：「江宇，好像哪裡不太對？你看我的是『心★跳☆APP』，你的是『心☆跳★APP』。會不會是載到惡意程式了？」
長江：「我明天把手機丟去送修。」

說是這樣說，延江宇卻想，大概不用送修了，怎麼看都不是手機的問題。他疲憊地閉眼，把手機留置餐桌，試圖和尖叫不止的手機產生一點距離美。

提示音徹夜未停。

隔天，延江宇一踏入教室，巫有津就像看到救命稻草，三步併兩步衝上前攔住他。

「你送修結果怎樣？」

「沒送。」

延江宇在巫有津崩潰的注視下拿出手機。電池位置空無一物，螢幕正面更慘，不僅裂成蛛網，還有浸水痕跡，彷彿是從命案現場撈回來的物證。即便機體已受損至此，訊息仍在響。

「我半夜被吵到受不了，把電池拔出來，一點用都沒有。」

延江宇把手機甩地上，喀、喀，再用力踩上兩腳，現場展示「辣腳摧機」。機體漫出不詳黑霧，他面不改色地說：「晚點直接把它丟垃圾桶好了。」

「等、等等！不能丟！」巫有津的表情比剛剛更驚慌。

他急忙撿起地上那台剩半條命的手機，掌心嚇出冷汗，「你要拿它找配對對象，丟了會當做沒成功見面！」

他喊完，意識到嗓門太大，趕緊僵笑敷衍不相干的同學，回頭壓低音量說：「上面的死亡倒數是真的。劉央和他朋友不信邪，今天就出車禍，當場身亡。小A他們的程式沒問題，我們這一版好像是昨天才出現的。」

巫有津平時個性樂天，現在卻一反常態，臉上是掩不住的沉重。

延江宇心想，這傢伙快被二一時也沒這麼嚴肅，如果連他都緊張，那是真的大事不妙。然而，就算心知有異，延江宇也不想接觸這些神神鬼鬼的事情。

他靜默半晌，心中衡量一陣，最後只說：「是劉央他們運氣不好。」

「延江宇！那是鬼遮眼，根本不是意外！」巫有津見他不當一回事，心裡著急，說話便不經大腦。

「我知道你不愛講怪力亂神的事，但這軟體他媽真的有鬼！我沒騙你。你明明說過你看得到——嘶！」

說到至半，巫有津手腕一疼，痛感讓他煞住喉中未完的話。

他低頭一看，發現延江宇正掐著他，想起對方高中曾住在柔道場，衣服底下的精實身形不只是好看而已。平時鬧一鬧不要緊，正經時候惹不得。

延江宇終於正眼看他。

他眼中總有種漫不經心的氣質，像慵懶的豹歇息於高樹，對周遭一切不甚在乎。只有夠親近的人才會明白，對掠食者而言，溫順只是種假象。

他薄唇緊抿，鬆了手，一言不發地點開半毀螢幕。

纏圈圈的虛擬頭像又進化了。眼窩處異常凹陷，膚色慘白無比，在碎螢幕的襯托下顯得越發詭異，不規則的裂紋，彷彿不是手機本身的毀損，而是纏圈圈遭人一刀一刀割花的臉。

「不只軟體有鬼，人可能也……」延江宇即時打住，不希望無謂揣測一語成讖。

他傳了幾條訊息給纏圈圈，抬頭和巫有津說：「我會去找她。但她人在南部，過去要時間。」他接著問：「你也載到這版，有找到配對對象了？」

「我運氣好，是同校的。早上有去找過她，見完面，死亡倒數就停止計時了。」巫有津回道：「看起來，程式還是會在背景中跑完倒數的七十二小時，再要求用戶進行下一輪配對，於兩天內選下個人。我現在還不敢點新的人。」

延江宇點點頭，「下個人拖到最後一刻再選，延點時間。」

手機螢幕亮起，延江宇瞟向對話框——纏圈圈不願意在咖啡廳碰面，堅持要約在她家見面。這難搞的態度讓他冷笑了一聲。

見狀，剛嘗到苦頭的巫有津背脊一涼，後退一步，遠離煞星。

延江宇無視他的反應，決定收書包走人，「你幫我轉告小A，不要再推薦這垃圾軟體給任何人。」

巫有津含淚應好，他好想抱住延江宇大腿問「現在該怎麼辦」，但他不敢啊……

延江宇最後還是說服繩圈圈，將地點約在她家附近的一間小餐館。聊天過程中，延江宇發現對方是位高中生。約在上課時間見面，明顯正在逃學，這讓他的頭疼程度直線上升。

他再渣也清楚底線——未成年碰不得。延江宇已經脫離會對萌妹子心軟的年紀，她們既難哄又麻煩，相處過幾次，就會覺得是在委屈自己。

面對毫無吸引力的約會對象，延江宇還千里迢迢從北部南下，這種事在他身上前所未聞。

他這麼給面子，結果，距離約定時間已經過去半小時，面前的水都喝到第三杯，延江宇連繩圈圈的影子都沒見到。

他完全可以想像自己現在的表情有多嚇人——服務生過來倒水，都不敢和他搭話。

準時不是到死都該遵守的美德嗎？他面色陰沉地想。

這半小時，聊天室難得安靜，他問繩圈圈在哪，至今仍得不到回音。

在遲到了三十一分鐘後，繩圈圈終於已讀他的訊息，但她的回應模式又陷入有點跳針的迴圈。

繩圈圈：「來我家嘛。我家在仁宜巷八號，來我家嘛！」

長江：「說好了餐館見。」

繩圈圈：「哥哥來我家嘛！」

繩圈圈：「來看看我，看看我看看看我看看我看我看我看我看我！」

延江宇覺得他在跟不講理的小妹妹對話，理性就輸了，生氣也贏不了。

長江：「別總想拐人回家，都還沒發育好。」

長江：「失學少女就乖乖聽話。我們聊完天，妳就該走了。」

一發出這句話，繩圈圈安靜了幾分鐘，又重回跳針狀態。

延江宇手撐著下顎，離開聊天室，在自我介紹頁面速改幾條資料，又回聊天室傳了則訊息給繩圈圈。

他耐心用罄，昨晚的「鈴響搖滾樂」讓他整夜不得安寧，半夜還得爬起來砸手機。

他想，他和繩圈圈是槓定了。

專業喂鬼吃鱉：「妳老師有沒有說過，生前不念書，死後會連替死鬼都釣不到？」

專業喂鬼吃鱉：「沒學過多少字吧？會念我暱稱的最後一個字嗎，要不要哥哥教妳？」

就在延江宇準備發出第三條訊息時，繩圈圈的理智徹底斷線，「仁宜巷八號」五個字洪水似地湧入聊天室，伴隨間斷不停的震動，讓延江宇再也沒有時機插嘴。

延江宇勾起譏諷的笑，將手機螢幕朝桌面重重蓋下，起身找服務生結帳。

他有想到繩圈圈不會妥協，但是，總不能只有他一個人受氣。

仁宜巷距離餐館是步行可到的距離，延江宇走到八號前，木門半掩，他駐足觀察著四周。

這是條廢棄空巷，妥妥的一條危樓街，四周人煙罕至，鐵銹花窗上爬滿枯藤，遠看像火燒的鬼手。

他不禁想，這種地震搖完就會坍塌的矮磚房，是能住什麼正常人？

大概找錯地址了吧？延江宇很想這樣說服自己，但門後泣音絕非幻聽——繩圈圈就在裡面，還高機率人如其名，繩子就圈在她的脖子上。

「長江……」帶著哭腔的女聲不停呼喚著：「長江……看看我，進來看看我，長江……」

延江宇太陽穴下的血管突突地跳，早知道，他應該先吞顆止痛藥再赴約。

手搭上門把，他像個不解風情的男人，語氣森冷，「閉嘴。要我進去就別在那哭墳。」

延江宇想起一個說法——開門等於接受邀請。就像來路不明的紅包不能亂撿，別人家半掩的門也不能亂開。

他雖知道理，但還是推開了門。

即使開門前他做足了心理準備，不過事實證明，現實總能比想像得更糟——門一開，屍臭撲面而至，滿室蚊蠅在暗處飛舞。

延江宇壓下作嘔的衝動，抬眼一看，屋內髒亂到用「久無人居」也不足以形容，這根本不該是人住的地方。

他注意到客廳中央有兩張一模一樣的臉，一張歪著斷裂的頸椎倒在地上腐爛，另一個正飄在空中瞪他。

手機發出歡樂的短音效，是程式恭喜成功見面的提示音。怎麼聽都和現在氛圍極爲不搭。

延江宇心中暗罵開發者的惡趣味。但是，死亡倒數能順利停止，已經是現在唯一的好消息了。

正常人應該只看得到地上那具屍體，可偏偏延江宇有靈異體質。

這是他高中才出現的毛病，幸虧他是個淡定的人，知道只要學會裝沒事，便能安身保命。不看、不聽、不反應，融入人群，他就是平凡到不能再平凡的人。

可他現在失去能夠藏身的保護色，只能在這間破爛小屋，和失學少女的冤魂大眼瞪小眼。

少女冤魂也沒預料到對方能看見自己，一字一字地問：「你、看、得、見？」

她的頸部中央有數圈烏紫色勒紋，是綑緊麻繩後產生的傷痕。

一般人看不見她，相對的，她也無法對陽世造成太多傷害，不過害她心有罣礙的人例外。

她因情自縊，魂魄在陽世徘徊，除了要咒殺前男友，爲的就是想找前男友的劈腿對象復仇。理論上，只有那該死的小三能看見她！

少女在世間茫茫遊蕩，想找到害她淪落至此的人，可是，她遍尋不著。

她體無完膚，滿身疲憊，打算就此聽話地投胎輪迴，才會藉這APP引人發現她的屍身，不讓自己無聲腐爛在這傷心地。

誰能料到，一個峰迴路轉，能看見她的人就在眼前。

延江宇以前曾被類似事件掃到颱風尾，他一看少女身周怨念急速膨脹，就知道她肯定腦補了什麼劇情。

他深吸口氣，冷著臉澄清，「我們之間應該有什麼誤會。」

延江宇避鬼，但他其實不怕鬼，他怕的是遇上鬼之後，會衍生的麻煩。

情傷的少女聽不進人話，因情自傷的少女鬼魂自然更不講理，尤其聽延江宇講出這種渣男金句，少女情懷熬成屍，她原想放下的心，現在更放不下了。

可惡！她甚至不如一個男的嗎！冤魂悲怨厲嘯，脖上勒痕滲出烏黑腥臭的體液，雙眼淌落兩行血淚。

「都是你害的！我們原本多幸福，你甚至是男的、男的！去死！去死！你該死！」

少女冤魂的皮膚片片剝落，指甲變得尖長。不給對方辯解機會，她從迷茫冤魂轉爲復仇厲鬼，欺身至延江宇面前，利甲一揮，沒刺中對方眼睛，反被他骨節分明的手抓緊掌腕。

延江宇被屍臭熏到反胃。莫名其妙就背了鍋，他心情極差，眉目間神色清冷，「妳以爲只有妳碰得到我？」

「放開我！」少女死後極度厭惡別人碰她，她痛恨被禁錮的感覺，尤其延江宇的握勁又過於強勢。

雙方都能看見彼此，那打鬥就與活人無異。不過鬼沒有失血問題，也對暈厥免疫，論優勢還是勝常人一大截。

延江宇當然沒放手，他平時對人就寡情，對鬼更不需留情面。在他還不懂得如何靠裝傻來避災之前，路上倒楣被鬼纏住，都是靠武術防身。

一記毫不遲疑的過肩摔，落地位置剛好抓在餐桌邊緣尖角，他打算先斷她脊梁，廢掉冤魂半身再來談判。

然而，延江宇沒想到，頭頂舊燈管會在此時發出搖搖欲墜的聲響。

他聞聲一看，腳下還來不及移動半步，燈管便猛然崩落。屋內粉塵飛揚，他眼前一黑，額角被砸出鮮血，深入腦殼的劇痛讓他不得不鬆手。

延江宇過去不曾侵入鬼魂地盤，路上撞見的好兄弟也沒什麼領地觀念，威脅性不如長年盤據單一地點的怨魂。

他太輕敵，沒料到眼前少女竟能讓這間要倒不倒的舊屋子坍塌。

「去死、去死去死去死——」

延江宇部分視線被稠血覆蓋，鐵鏽味竄入鼻腔。

暈眩感迫使他跪地，好不容易勉強抬眼，少女的手已然交疊在他的喉嚨。他使不上力掙脫，頸部血管被壓迫，無法傳輸足夠氧氣至大腦。

冤魂在他面前跪地哭泣，腐爛的臉孔悲痛猙獰。看著繩圈圈的臉，延江宇有一瞬的恍惚。

身後一股冷冽寒意逼近，他想，他真的不是怕鬼，他們有冤屈才停留於世，沒什麼好怕的。可怕的是帶給別人不幸，還死不了的人。

夜深人靜時，延江宇會覺得自己根本沒有資格活得幸福……

意識漸沉，他墜入一潭濃深的黑，渾身動彈不得，只能在墨色中載浮載沉。

他像被下了麻藥，五感變得異常遲鈍，只剩聽覺還留有些微作用。

碗碎牆塌聲響傳入耳，接著，繩圈圈忽然發出哀號，彷彿意外遭人襲擊，尖叫聲在這片黑暗中格外刺耳。

又來了。延江宇難受地閉上眼，他就是不想陷入這種身不由己的情況，才會排斥接觸鬼魂。

時間分秒流逝，知覺從指尖開始恢復，前肢、肩背、胸口，痛感逐一回籠。

「咳、咳咳——咳！」

黑暗散去，他猛然自煙塵中嗆醒，老房子塌得徹底，他手腳並用地爬出瓦礫堆。延江宇慶幸自己還活著，心中同時有道聲音在問「怎麼還沒死」。

房塌了，連屍體都被掩埋，而他還活著。

額上的血凝固了一大片，延江宇輕撫傷口，撕裂傷不好處理，他八成還是得去一趟醫院縫傷口。

手機還在外套口袋中，讓他鬼門關前走一遭的心跳APP肯定安然無事。

延江宇斂眸，指尖有些發涼。他不是聖母性格，連富有同理心的形容都沾不上邊。

只是，他還是會想，如果他沒來，那繩圈圈頂多就是孤魂野鬼。她可能繼續徘徊，或洗刷冤屈後投胎。無論如何，絕不是像現在這樣。

不該是這樣。

在碎瓦前，延江宇目光垂落，像是哀悼，即便他清楚這沒有意義。

他也沒打電話通知警方，廢墟下的屍骨或許有天會被發現，運氣好還會核上姓名，但這些都是做給活人看的，少女已經不在了。

死者不能復生，魂飛魄散的，就算燒成灰、供上塔，也不會再回來了。

延江宇見完繩圈圈之後，心跳APP中和繩圈圈的聊天室就再也沒有出現系統訊息，看來APP目前只要求他們見面，並沒有對兩人的後續互動多加干涉。

他獨自去一趟醫院，處理好傷勢後，找了巫有津吃晚餐。

「什麼！所以你說她死……」

天兵巫有津一時忘記他們在吃火鍋，被嚇到噴出一口湯。在左右兩桌的注目禮下急忙改口：「死會了！怎麼這樣，那她還約你出去！」

延江宇只是想提醒他注意安全而已，真的沒有要他幫忙解決問題的意思。

但巫有津一看到他頭上的傷，就窮追猛打地問，老媽子似的緊張，一副很怕多年朋友會不明不白就過世。

延江宇被問到煩，概略講了事件經過。當然跳過了暈厥那部分，他不想提，更覺巫有津沒必要聽。

「那她、她……真的死了？」巫有津牙齒瘋狂打顫，明明見到命案的人不是他。

「絕對是死透，毫無疑問。體腔破裂，一些冷死的蛆還掉在旁邊，應該死幾個禮拜了。如果不是最近天氣轉涼，應該會爛得更快。」

「我覺得我好像有點飽。」延江宇的描述太有畫面感，巫有津實在吃不下去，「江宇，剩下的都給你吃吧……」

當事人倒是吃得挺歡喜，看不出什麼心理負擔。

這場飯局只有他們兩個，他不只點了日本和牛，還加點天使紅蝦。巫有津發下豪語要傷患盡量吃，吃多少都他付，傷得快好才不會留疤。

延江宇不在乎會不會留疤，不過巫有津請客他當然樂意。

巫有津靜靜地看著延江宇，額角那塊白紗布，他越看越心疼。

雖然他也替繩圈圈感到難過，但冷靜後，他更擔憂延江宇的處境。相識多年，巫有津是略懂他的，延江宇特別容易被髒東西纏上，可他卻一直不願正面處理。

心跳APP無法解除安裝，他辛辛苦苦養的一張俊臉，如果因此遭逢意外而破相，那該怎麼辦！

「江宇。」巫有津左思右想，只想到這個法子，「我帶你去一家很靈的廟，我們去求個符吧！順便問問能不能擺脫這個軟體，太邪門了。」

「不去。」

「我開車載你，到府接送。你上車睡覺，下車拜拜就好。」巫有津腦袋飛快運轉，再補一句，「包法式早午餐！幫你買我家附近新開的那間！」

巫有津抓準延江宇還沒開口說「不」之前的片刻遲疑，再乘勝追擊，「晚上再帶你吃燒肉，新開的站著吃！」

延江宇沉默幾秒，放下筷子說：「我只去這次。」

巫有津鬆了口氣。他不禁暗忖，幸好今天的延江宇一樣可以用食物收買。

兩人吃得差不多了，巫有津起身要去櫃檯結帳。這時，一位女服務生端著湯迎面走來。

她身高不高，手臂也細，那碗湯雖不至於拿得吃力，不過從她的走路姿勢來看就讓人感覺不太穩。

巫有津原本想讓路給她，但意外總是在一瞬間發生——女服務生腳滑，恰好就在路過巫有津身旁時。

他沒路可躲，湯若灑出來，潑灑的位置有點尷尬，恰好會淋溼他的腰腹和褲襠。

急忙穩住身體的女服務生倒抽一口氣，已經打算好要鞠躬道歉再道歉，含淚下跪求原諒，沒想到巫有津竟是單腳一蹬，在眾目睽睽下跳到了隔壁空桌上。

延江宇老神在在地吃著廉價化學冰，對這發展一點也不意外。巫有津是練田徑的，反應速度快，延江宇一直都覺得他是猴子轉世。

「喂，小心點小心點！妳有沒有受傷？」巫有津跳下餐桌，抽起幾張衛生紙，邊幫忙收拾邊說：「還好我動作快，不然褲子要全溼了。」

女服務生說了好幾次抱歉，她原本只有「慌」自己沒拿好湯，現在看巫有津秀一波「猴神附身」，就補齊了「驚」。她現在非常驚慌，馬尾因持續鞠躬而左偏。

然而，巫有津其實沒在生氣。

女服務生道歉一陣，才注意到這桌的另個客人，他也在看她。她被延江宇那雙眼盯得發怵，忍不住問：「請問……我臉上有什麼嗎？」

「沒有。」延江宇偏過頭，像在回憶，「總覺得上次來吃火鍋也有看見妳，有點眼熟。沒事，下次小心點吧。」

話音一落，在廚房工作的老闆娘聽到外頭動靜前來道歉，說這餐就當作招待。但巫有津堅持不用，最後雙方協調，打半折就好。

巫有津去付錢時，延江宇看見老闆娘拉著女服務生到角落。

「小欣！我是看妳勤勞才錄用妳，但妳都來幾個禮拜了，也不能一直這樣。」

老闆娘在廚房的聲音傳到延江宇耳裡，殘酷卻現實。

後來，直到延江宇回了家，那位叫小欣的女服務生不斷道歉的聲音，遲遲沒有離開他的腦海。

這頓晚餐吃得有驚無險，分別前，兩人約好後天假日再上山拜廟。

由於原手機除了心跳APP，其餘功能全數報廢，所以延江宇跟朋友借了台備用機。他簡單載完幾個通訊軟體，巫有津正好發來一段影音訊息——他跳餐桌躲熱湯的畫面，居然被路人錄下來了。

雖然姿勢有些滑稽，但因爲巫有津反應敏捷，對女服務生的態度又好，這段猴子般的跳桌影片在網路上被大量轉發，不少民眾直呼「太神啦」。他因禍得福，吃個火鍋就收獲一波社群軟體的追蹤數，簡直血賺。

後來有眼尖網友發現，影片中坐在猴神對面的男人神韻勾人，五官立體堪比明星，可惜怎麼找都找不到他的社群帳號。這時，有人匿名爆料那人空有外貌，人品卻是爛到谷底。

延江宇聽到傳言，一如既往沒興趣回應。他那搜不到的社群帳號，早就不知被哪任前女友搞掉了，他也懶得再創。

火燒不起來，事情不了了之。灑湯事件，就此告一段落。

星期六一早，延江宇御用的巫司機到府接送。

副駕前擺著法式草莓蜜糖吐司，巫有津用盡一切方法，把延江宇當小王子一樣呵護，只希望他不要中途發難說「不去了」。

所幸延王子還算賞臉，上車後他吃了一口吐司，只說：「下次幫我買厚韻抹茶，草莓口味好甜。」

巫有津努力擠出笑容，「好好好，之後一定記得。走，我們出發！」

路途上，坐在副駕的延江宇替巫有津感到慶幸，他對神佛沒好感，認為求神如果能解決事情，那他的人生就不會活成這副德性。幸好巫有津有先說這趟拜廟之旅會附贈晚餐，又剛好拿捏住自己的喜好，選到一直想吃的燒肉店，不然他肯定不奉陪。

路程比延江宇預想得還久，不知巫有津找的是什麼廟，車開到山中某個岔路後，還要再往上開，就連導航都無法定位。如果不是信任巫有津，延江宇覺得在這裡什麼事都有可能發生，爛成白骨也不會有人發現。

象徵他們位置的藍色方向標，從這個山頭飄移到另一個山頭，像無處歸根的遊魂迷失在蓊鬱山林。

延江宇看了心煩，伸手退出導航畫面。山路彎彎拐拐，他一張臉困倦疲憊，看起來要死不活。他將車窗開出一條縫，山中清新的空氣夾帶水霧，思緒頓時清醒大半。

他深吸口新鮮空氣，感覺好多了。不吹點風，他怕等等會忍不住脫口說出「巫有津，我要下車」。

巫有津開車技術不錯，但山路還是晃到延江宇想吐。他閉眼假寐，想起昨晚睡得很不安穩，意識矇矓間，繩圈圈掐住他喉嚨的那一幕再次上演。他想反擊，但拳頭揮到她眼前，那張腐爛的臉卻變成服務生小欣的模樣。

他視線匆忙地掃過小欣偏了一邊的馬尾，她慌忙道歉的樣子浮現在腦中，讓延江宇握緊的拳頭就此停滯於半空，再也揮不下手。

「到了。」

巫有津轉動鑰匙，車子熄火，延江宇聞言睜眼。

車窗外，一間古韻濃厚，以褐木搭建而成的私廟，坐落在白霧繚繞的山林。

第二章　仙姑，妳怎麼沒反應？

延江宇解開安全帶，撐起沉重的眼皮下車。

車停的位置前不巴村、後不著店，若非小廟就在眼前，延江宇還以爲他們是來棄屍。多虧巫有津開車技術好，不然這裡蔓草叢生，往左往右都是水溝，換作是他，大概要喬個老半天才能停好車。

「還好沒記錯地點，這間我家拜好幾年了，但以前都我爸開車來。」巫有津鎖好車，指著前面一條黃土泥路，「據說我小時候身體不好，就是來拜託這間小廟的神明，現在才能活蹦亂跳。」

延江宇心想，他身體能好轉，是因爲他開始練田徑，跟神明保佑沒有關係。

他們一前一後穿過布滿蛛網的小徑，腳底土壤溼濘，踩下時還會發出水聲。清晨剛下過雨，山風一吹，葉尖殘留的雨水便刷刷滴落在兩人肩胛、後背，他們身上的白衫被弄出一點、一點的灰色水痕。

小廟位置不遠，但泥路溼滑並不好走，延江宇無法想像居然有人在這長住。

巫有津停在廟門前，「我有跟婆婆說我們今天會來。」

這間小廟古色古香，比起傳統宮廟，看起來更像綜合了日式神社和道家文化，沒有山下大廟香火鼎盛、人來人往的氣派，也缺少金碧輝煌的點綴。

廟門前，青苔滿布，整間廟靜悄悄，講得好聽是寧靜致遠，說白了就是陰森偏僻，給人一種不能輕易靠近的氣息。

延江宇走到他身側，看不出這間小廟是拜什麼的，他平時對神佛也沒有研究。

「好安靜，裡面感覺沒人。」延江宇說。

小廟前門半敞，巫有津沉吟一會，頭湊往門縫，一看，便興奮地朝延江宇招手。

「江宇！我們今天眞幸運，婆婆居然有把『仙姑』找來！」他接著說：「既然仙姑在，那就沒什麼好擔心的了！」

巫有津表現得像麻煩已經解決，連日憂愁都拋諸腦後。他大大方方地推門走入，如進自家客廳一樣自然。

延江宇面露狐疑，但他將疑惑放在心底，沒多說什麼，安靜跟上。

直到現在，他都沒在這間小廟的周圍看到什麼怪東西。

這是好事，也是壞事。好的是這裡算乾淨，不至於拜到邪神，壞的是巫有津他家八成被神棍訛了多年卻毫無自覺。

不過，從坐上車那刻起，延江宇就是個蹭飯的，他也沒打算來拆人家招牌。

巫有津恭恭敬敬走進廟，在仙姑身前規矩地跪落。

「仙姑，仙姑。弟子有事相問，想請仙姑幫個忙。」

神像前，女子髮散身後，盤腿而坐。

她整張臉畫滿奇異圖騰，不均勻的紅褐掩蓋天生膚色，厚重的植物墨讓人難以聯想她素顏時的容貌。外衫罩於雙肩，以野草編結而成，全衣沒有半處人工刺繡，只單用雀鳥尾羽作爲衣襬末端點綴。

一聽到巫有津的聲音，她猛然睜眼，雙手十指交扣，起乩似地往面前木地板重重一砸。

「命——緣——娘——娘——」她每字每音都拉得很長，一邊用力擺頭，「請！」

巫有津雖曾從父親那裡聽說過仙姑的事蹟，但這是他第一次近距離看到起乩過程。他愣了下才意識到仙姑想請命緣娘娘親臨，雙眼一亮，看著仙姑努力和天地間的冥冥啟示接軌。

而延江宇全程站在巫有津身後，雙手抱胸看戲。他沒看出什麼異樣，沒有神佛罩頂的金光，更沒有黑濁的惡念輪廓。

延江宇暗想，或許仙姑道行比他高，他看不出個所以然也實屬正常。畢竟他只是誤打誤撞看得見一些東西，平時也沒辦法好好控制。他這雙陰陽眼時靈時不靈，搞不好還是有盲區在，只是他不曉得。

仙姑搖頭晃腦好一陣子，上身時而如蛇蟒般擺動，時而僵直如木。她白眼上翻，雙手掌心向外不斷朝自己畫圈，最後交疊停留在胸前。

「弟子巫有津，今日前來——」仙姑咬字異常用力，音色特別高亢，「何事相問？」

延江宇注意到她的手腕很細，身形嬌小，如果他們站起身，她的身高大概只到他和巫有津的肩膀。

巫有津沒有注意這些細節，他虔誠地磕頭一拜，遞過手機朝仙姑訴苦，「啊！恭迎命緣娘娘！弟子今日前來，是不小心招惹了些煩惱，想問該怎麼處理……」

巫有津一開口，就把心跳APP的來龍去脈全說了遍，包括延江宇撞見冤鬼一事。

不同於延江宇的輕描淡寫，巫有津說起故事不得了，劈里啪啦，彷彿不用換氣一直講。他將自己有多緊張、多害怕、多替小王子擔心，一字不漏地傾訴出口。

「所以啊！我想這樣下去，我們真的小命不保！」巫有津講到連自己都感動。他再次向仙姑磕了頭，「請娘娘為我們指點明路！我這朋友平時雖然愛玩，卻也沒做過什麼傷天害理的事。他一路走來很辛苦啊……」

延江宇心裡冷嘲，才不是這樣。不過巫有津故事說得眞好，聲淚俱下，差點連他本人都要信了。

但是，仙姑聽完，沒有絲毫反應。

巫有津也愣住，以爲是自己誠意不夠，仙姑才會陷入猶豫。隨後，他意識到延江宇在他身後站得筆直，毫無參拜之意，擺明不夠虔誠。

他半轉過身，輕扯好友袖口，低聲催促，「江宇，來都來了，你就信這一次，拜託拜託娘娘吧！」

延江宇眼珠子往下一轉，他不知道這人到底是單純，還是單純的蠢？他難道沒發現，仙姑已經沒有動作很久了嗎？

從巫有津拿出手機，點開APP給仙姑看之後，對方就陷入僵硬，充當天線感應天地的右手也不揮了。她的眼神，再也沒離開過那台有鬼的手機。

見狀，延江宇肯定，這位「仙姑」後來根本沒有好好在聽信徒說話。她甚至全身都在微微發顫，絕對不是天冷凍的，這小廟裡頭挺溫暖。

延江宇這時有九成信心，他什麼都沒看見，不是因爲仙姑道行比他高。

雖說沒有踢館的打算，但他實在不忍心看巫有津繼續蠢下去。

他從包裡拿出半毀的手機，點開APP，將畫面湊到仙姑面前，「妳到底有沒有辦法解決？不行就別演了，我們沒時間跟妳在這耗。」

鬧鬼的心跳APP近在眼前，「仙姑」想到方才巫有津說的種種異象，頓時被打回原形，一時架勢全崩，大叫出聲：「呀——你拿開、拿開啊啊啊啊啊啊！」

堂堂仙姑嚇到往後華麗跌坐，不演了，都不演了。

她連滾帶爬，飛也似地遠離延江宇的手機，往神桌方向逃離那見鬼的APP。

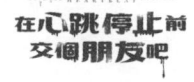

「我就說我不行、我不行，我就會怕啊！婆婆為什麼不自己來，嗚嗚、嗚……怎麼這麼可怕……」

仙姑嘴裡叨念著，情緒瞬間潰堤，講一講還擦起眼淚，把臉抹得亂七八糟。

巫有津表情呆滯——他還在茫，不解現在是什麼情況？

延江宇對仙姑嬌小的身形一直有種熟悉感，如今聽到她眞實的嗓音，又看到她脫妝後的臉，完全能肯定眼前這位「仙姑」，就是差點把湯潑到巫有津身上的小欣。

怕鬼怕成這樣還當神棍，延江宇是聽都沒聽過。他嘆了口氣，提醒巫有津，「你不覺得你們家仙姑，看起來有點面熟？」

「嗯？這樣一說，之前好像不是這位……」

巫有津瞇起眼，認眞看上幾秒，指著仙姑「啊」了一聲，「妳是那個火鍋店服務生！兼差兼到來廟裡當假仙姑，妳這樣很不道德啊！」

小欣的身分被拆穿，不知該從哪裡辯駁，只能斷斷續續地解釋，「我、我不是假、假仙姑！我只是會怕，然、然後，學不太起來……」

她辯解不成，心中莫名感到委屈，縮起腳，抱住膝蓋悶喊：「我也不想什麼都學不起來啊！端菜也是、仙姑也是。錢怎麼那麼難賺，我怎麼那麼笨啊！」

生活不易，這年頭，連還未修成的仙姑都得為錢所困。

「唉唷，吵吵鬧鬧。這裡是發生什麼事？」

老邁的女聲從側邊傳來，延江宇抬頭一看，才注意到神桌旁有道小門。一位老婆婆拄著拐杖走出，小欣一見到對方，就一把鼻涕一把眼淚地撲上去哭，以爲沒人發現她把老婆婆的袖子偷偷當衛生紙擦。

「我的小寶貝！沒事，不要小事就哭成這樣！」老婆婆安撫著小欣，接著和藹地看向兩位來訪者，「有津呀，這次遇到什麼問題，怎麼看起來緊張兮兮的？」

巫有津見到熟人，喜上眉梢，連忙說：「婆婆！好久不見，我這次是想來問……」

「等等、等等。」老婆婆對巫有津要說的話興趣缺缺，食指豎在唇前比了個噤聲的動作，看向延江宇，表情神祕。

延江宇直覺這老婆婆確實有點什麼，她沒有一般廟宇高僧那種生人勿近的端莊，眼中閃爍著狡黠光芒。

他看不出對方葫蘆裡賣什麼藥，猜想老婆婆可能是感應到他周遭氣場特別，才會多留意。

這種好奇的眼神，美其名曰關心，實質就是看戲。

老婆婆五指相互交點，掐指一算，比著延江宇呵呵笑，「你們呀，鬼近纏身，非奇緣不能解，麻煩大啦！」

延江宇差點當場送老婆婆一個白眼，拜託，眼下這情況，誰看不出來他們有麻煩？

然而，他萬萬沒想到的是，和巫有津上山拜廟一趟，原本的麻煩沒解決，還多了另一個麻煩跟著他們下山——哭腫眼的同校學妹，林欣。

他的朋友們也沒料到，才過個假日，剛分手的延江宇身邊就換了位清純系女孩。

心知這群人狗嘴吐不出象牙，延江宇直接表明，「林欣，人文社會學院的學妹。她不是我女友，有事要互相協調才一起行動。不要造成人家困擾。」

小A依舊在旁邊擠眉弄眼，「現在不是，馬上……就會是啦？」

他把林欣拉到牆角，用講悄悄話的音量和她裝熟，「學妹，妳說實話，他那張臉可以直接當明星出道吧？我跟妳說，他之前還被女鬼認成情敵！」

「呃……學長被認錯，會不會只是他比較衰？」小A太自來熟，林欣難以招架。

「我覺得不是。也不怪女鬼錯認，連我都快被他掰彎了。但彎了也沒用，巫有津還排在前面，搶不贏啦！」小A話匣子一開就沒完沒了。

延江宇好看得讓人嫉妒，這點林欣認同，但小A找她攀談的行爲讓她很困擾，感覺像踩到了未乾的口香糖，怎樣也甩不掉。

「小A不知道又在說什麼。」巫有津看到林欣困擾的表情，就知道她身陷囹圄。

「他什麼時候才能學會管好嘴？」延江宇有點無奈，側頭看向兩人，「林欣……唉，我去救一下她好了。」

他走到林欣身邊，清清喉嚨，皮笑肉不笑地開口：「什麼事說得這麼開心，是不是該分享一下？」

延江宇不介意別人開他玩笑，也不在乎自己的名聲，但他明確表示過不要做的事，就最好不要去踩他底線。

關於延江宇的背景，同學之間多少有耳聞，也知道在他面前要懂得收斂。

小A還算識相，做了個把嘴巴拉鏈拉起的手勢，「報告，沒有，每個字都很清楚！您說什麼，我做什麼，希望您這學期必修可以繼續罩我。若能順利畢業，您就是我的再生父母。」

「你現在離開這裡，別再騷擾學妹，我會考慮繼續罩你。」延江宇想也沒想，語氣誠懇，「但當你爹就先不必，養你八成是賠錢。」

小A深吸氣，吐出口的話像剛吃完誠實豆沙包，「江宇，就算我是百分之兩百的外貌協會，會給俊男美女百分之兩百的寬容，但我還是要摸著良心說，你真的超難相處。唉……你這人，可不可以不要這麼帶刺？」

小A用手指過眼角，一副被延江宇的話刺傷的模樣，隨後便揮揮衣袖離去。

延江宇目送他離開，轉頭對上林欣的眼，「抱歉，他比較熱情一些。」

「呃……好。沒事，沒有關係。」

四目相接那一瞬，林欣低下頭，雙頰隱隱發燙，心裡更尷尬了。

總之，在延江宇的介紹後，所有人都知道林欣是延江宇和巫有津從山上帶回來的愛的結晶……不對，是可以解決見鬼APP的清純寶貝，雖然她本人也不知道該怎麼做。

至於林欣爲什麼會被丟包給他們兩個，這得歸功於廟裡老婆婆下的決定……

時間回到兩天前，老婆婆一個神算，鐵口直斷他們招惹了大麻煩。

巫有津迷信，聽對方這麼一說，臉色霎時刷白。他再次磕頭請求林春水這位（看起來）法力高超的老婆婆給予指點，延江宇卻用手壓住他的肩膀，制止了他的動作。

延江宇不把威脅當一回事，神色鎭定如故，「我遇過的每個神棍，都說我接下來會遇到麻煩，但我還是好手好腳活到現在。妳接下來要賣平安幸福水，還是保命安身符？有沒有組合價，一組八百，三組兩千五？湊滿十組，會不會送宮廟特製年曆？」

面對延江宇的挑釁，林春水並不覺冒犯。她爽朗大笑，露出一口白牙，「年輕人，你很不錯！讓我看看……」

林春水拄拐杖，在延江宇身邊緩步繞圈。末了，她眉毛一抬，「嗯，江宇對吧？」

延江宇心想，知道名字也沒什麼，搞不好巫有津早跟這間廟講過他的資訊。

但林春水還不罷休，她盯著延江宇，露出頑皮的笑，「年輕人，你要向前看！這樣自暴自棄，你家人會很難過喔！」

延江宇眨了下眼，不確定是不是想掩飾什麼。

他低下頭俯視眼前佝僂的老人，特意放緩語調，聲音溫和地反駁道：「我沒有家人。」

「咦？那我是看錯了？咦？咦？」林春水「咦」得特別大聲，像是質疑老師黑板上

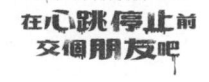

寫錯字的中二小孩。

她在延江宇面前來回踱步，口中不斷碎碎念：「怎麼可能，你明明就……」

一旁的巫有津聽不清楚林春水的咕噥，可站在林欣和延江宇的位置，能分辨出她的口型。

她自信一笑，揚眸對上延江宇一雙陰鷙的眼，薄唇張闔，問出無聲的話——你明明，就還有個「哥哥」啊？

光憑林春水知道這件事，延江宇就不得不相信她是真的有點能耐。

「夠了，我服。」延江宇不想要節外生枝，他也不是多好面子的人，錯了就錯了。下秒，延江宇雙膝落地，端端正正地在巫有津身邊跪落。

巫有津的表情難掩訝異，他大張著嘴，下巴彷彿快要脫臼。

「我道歉。但我來這裡，是想處理心跳APP的事，跟其他事無關。」

他收起鋒芒，仿照著巫有津先前的姿勢磕頭，面無表情地拜託林春水。

「還望您大人有大量，別跟晚輩計較，替我們指點一條明路。這APP現在不只我們兩人有下載，網路上有許多人也正受影響。」

「嗯！嗯！嗯！」林春水滿意地頷首，露出孺子可教的神情，「都起來吧！我也不是神仙，別跪、別跪，跪我我會折壽！」

巫有津撐著膝蓋起身，小心翼翼地問：「所以……婆婆，我們該怎麼做？」

「問我？」林春水挑起眉，驚訝地指自己，「我沒辦法啊！」

巫有津不禁苦笑，以爲林春水在調皮，「您就別賣關子了，我們眞的有點急。這個APP一直在倒數計時，一刻都閒不下來。您有什麼法子就告訴我們吧！」

「不不不，我是眞的沒辦法。」林春水搖搖頭，不再嬉鬧。

她正經地說：「我說了，這是鬼近纏身，非奇緣不能解的大麻煩。既然是大麻煩，就算是我出馬也處理不了！我唯一能做的，就是告訴你們，你們會有麻煩。」

延江宇啞然失笑，繞了一大圈，結果什麼都沒有，怎麼感覺被騙膝蓋了？

不過他也聽得出來，林春水並非故意不提點他們，她恐怕眞無解決之法。

他垂眸凝思，跟對方道謝後，和已經在神遊的巫有津說：「可以走了。」

巫有津無神地點了點頭，呆滯地望向天空，彷彿世界末日即將來臨。

他們走回車位，這時，林春水喊住他們：「等等，急什麼？都來一趟了，當然不能讓你們空手而歸。」

她拐杖一下一下敲著地面，努努嘴，「我知道了，讓小欣跟著你們下山吧！」

這下，連林欣都有點不知所措，她朝林春水眨眨眼，不懂她的意思。

延江宇尊敬這位修行有成的老婆婆，不代表他有耐心幫忙帶小孩。繩圈圈先例在前，他的喜好範圍明顯不包含萌妹子，太難搞。

然而，在延江宇提出異議前，林春水繼續發話，「這孩子沒什麼長才，但心地好，

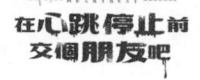

人又善良。」

她摸摸林欣的頭，眼中流露寵溺，「是很有福報的孩子。你們把小欣帶在身邊吧！要解決這個APP，小欣一定能給你們幫助。」

延江宇笑了起來，「她這麼怕鬼，能給什麼幫助？」

他說這話時，長眸微微彎起，笑意中和了平時的銳利，讓他的氣質越發勾人。

延江宇有時會給人一種若即若離的神祕感，讓人不由自主地想靠近、探究。可越深入，就越摸不透他。他將外界與自己隔絕，獨自一人，站在生人勿近的禁地，那是旁人無法理解的深淵。

「婆婆，您知道別人對我的評價嗎？小欣這麼可愛又單純，一看就是……」他唇角微彎，頓住，還是把下流話留在腦裡，「您不怕我帶壞她？先說，我品行真的不好。」

「帶壞什麼！讓小欣跟著你們，難道不是爲了解決那個APP？你擔心的那些事，哪有命重要？」

林春水什麼人沒見過，延江宇是怎樣的人，她一目了然。

延江宇自知說不過林春水，嘆口氣，轉頭詢問巫有津的意願。巫有津個性大方，當然沒意見。

林欣雖不捨與林春水的相處時間變少，但還是乖巧地接受安排。

臨走前，林春水看著延江宇高　而單薄的背影，忍不住又喊住他：「年輕人！我老啦，話多，容我再多說一句。」

延江宇僅僅停住腳步。他有在聽，但沒有回頭。

「解鈴還須繫鈴人。你以為毫無相關的事，其實都是環環相扣的啊！」林春水說得語重心長。

她的心意延江宇清楚，可惜他太了解自己，於他而言，這一字一句的規勸，都沒有意義。

林欣沒什麼公主病，即便被捉弄也不太生氣，只會用指尖捲著髮尾，靦腆尬笑。但延江宇還是無法習慣身旁多了一位像妹妹的人。他們只差一歲，年齡不是問題，問題是林欣實在太乖了。

她彷彿是由世上所有美好構建而成，做什麼事都很努力。

她從來不蹺早八，課前預習，課後複習，但還是有好幾堂課低空飛過。她兼職好幾個工作，不只端火鍋、當仙姑，還當家教、系辦工讀生、校內駐警隊小幫手……打工多到讓人以為她家負債還不完。

她也不太玩社團，不是因為害羞，而是打工多到不允許。不過同學社團忙不過來，

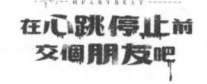

她還是會勉為其難幫忙打雜，在半夜兩、三點幫人家做小隊名牌，工作人員名單還不會有她的名字。

有人問林欣，怎麼把好好的大學生活，過得這麼血汗？

「經營廟很燒錢。」她摸著後腦勺笑，「我們家位置偏僻，又不會斂香客的財，即使幫忙解決了問題，很多人拜完後也不會再回來。沒有香火，就沒資金來源。婆婆老了，我得努力點……雖然做每件事都被嫌啦，哈哈。」

「經營廟哪裡燒錢？廟如果夠靈，不是隨便都能賺喔？」巫有津很不解。

「我們家供奉的命緣娘娘比較挑嘴，喜歡山珍海味，餐費貴。」林欣據實以告。

她為了命緣娘娘的伙食費努力賺錢，雖然偶爾會遇到挫折，但都能很快就振作。而延江宇恰恰相反，他就是那自甘墮落，躺在汙泥中不想被拉起的爛貨。

他對未來毫無想法，日子過一天是一天。

但延江宇就算不去上課，考試成績還是能名列前茅。巫有津經常感嘆，延江宇這德性根本是在暴殄天物，平白浪費那顆聰明腦袋。他要是有延江宇的頭腦，升學時肯定醫牙電資爽塡一波！可惜，這些都是幹話，腦袋就是長在延江宇身上。

現在，他們三個約好，中午吃飯時要討論該怎麼處理心跳APP。

延江宇沒課，他見天氣不佳，便提早到餐廳等待。不久後，熟悉的聲音從門口傳來。餘下兩人修完同堂通識，在自動門前收傘，一前一後走入餐廳。

巫有津脫去大衣，坐下時抱怨，「外面冷到靠北。風大又下雨，什麼鬼地方？」

延江宇看林欣半邊肩頭被雨淋溼，起身讓了位置給她，「給妳坐這吧。淋雨怕著涼，這裡比較不會吹到風。」

「我也淋雨，你怎麼不怕我著涼？」巫有津感受到了赤裸裸的差別待遇。

「我們現在解決心跳APP的希望都寄託在小欣身上了，她不能病倒。」

「不是，難道我病倒就沒關係？」

「是吧。反正你又不上課，最近也沒什麼田徑比賽，躺一下床不礙事。」

巫有津含笑咬牙，有苦說不出。

林欣推辭不了對方的好意，靦腆地道謝後，指尖順著髮尾，默默坐下。

點完餐，延江宇拿出那台被蹂躪過的手機。

與繩圈圈見過面後，他下一個配對的是正常人，巫有津也是。目前他們在等待下輪配對，只要不遇到繩圈圈那種情形，APP的要求也不是無法達成，若在選人時稍微拖點時間，至少有五天是安全的。

但延江宇隱約覺得不安，若他是程式開發者，不可能讓使用者有僥倖的機會，怎麼看都只是現在運氣好。

「如果……」延江宇想到，軟體中都是使用虛擬頭像，能判斷對方背景的線索少得可憐，「下次配對到的人在國外就完了。既然連鬼都在裡頭，那有外國人也不奇怪。」

諸如此類的問題隱藏在程式中，就像有張覆蓋的死亡牌，只是他們還沒翻到。

「那要怎麼辦？」巫有津也覺得有道理，「眞的遇到就出國？」

延江宇搖頭，「不實際。對方也有可能是在國外的鬼，這樣還有可能客死異鄉。」

他們兩人針對如何避掉外國人熱烈討論，想了幾個方法，像是挑黃種人的虛擬頭像、好好看對方介紹等等。

說到一半，延江宇眼皮一抬，才注意到對面的林欣已經很久沒說話了。

其實，延江宇眞不知道帶著林欣能幹麼，他委婉地開口：「小欣，這事跟妳無關，眞的會怕，妳就回去跟婆婆講，讓我們自己處理就好。她那麼疼妳，不會逼妳的。」

「我、我不會怕！」林欣把發涼的手藏到身後，死鴨子嘴硬。

「我剛剛……是在思考，所以才沒說話！」像怕被發現她在撒謊，林欣急著補充。

「我其實有想到一個辦法。婆婆說過，鬼魂們要影響陽世，就一定要有中介。這個中介，可能是人、可能是機器，總之，是跟他們有足夠關聯的存在。」

她說得篤定，但只要是個人，都能察覺她的尾音在抖。

中介這概念，延江宇可以理解。先前繩圈圈將他誤認，就是因爲她以爲延江宇是和自己有糾葛的人。

說法有理，他用眼神示意林欣繼續說。

林欣在廟裡長大，對事的直覺準確，她思考後緩緩道：「我懷疑，創建心跳APP的人，就是中介。即使這程式現在看起來已經超出常理，一開始的雛形應該還是由活人搭建而成。」

巫有津聽得似懂非懂，「所以要先找出開發心跳APP的人？但我和江宇查過，這程式後來因爲侵權被下架。網路上找不到開發者資料，只有越演越烈的死亡傳言。」

「我們找個精通網路的人。」延江宇說：「別搜尋開發者了，直接查這程式現在把伺服器架在哪。既然這鬼東西還在運作，應該會有個營運中心。」

他們討論一陣，雖不確定心跳APP演變至今的運作模式，但眼下沒有其他辦法，也只好順藤摸瓜，看能不能撈到一點線索。

在他們確定了下一步規畫，延江宇和巫有津也差不多該選下個配對對象。

誰知，延江宇才剛拿起手機，就聽見「叮」的一聲，是先前沒聽過的提示音。

紅線提示框鮮豔惹眼，強勢霸占螢幕，與此同時，巫有津的手機也收到訊息。

延江宇抿緊薄唇，一如他的預期，心跳APP果然還在持續更新。它不僅將死亡的網子越收越緊，還擴大撒網範圍，讓用戶人數快速增長。

「這是……什麼意思？」巫有津再不聰明，也感覺得出程式的惡意。

「邀請他人加入心☆跳★APP，獲得時間暫停器，給彼此更多時間相處再見面！」

「趕快邀請親朋好友加入聊天！下載位置點我，您的邀請碼是：A4XP5IRFSR」

邀請朋友下載以賺取道具，這是遊戲開發商常用的手法。沒想到這款APP也學以致用。被下架不要緊，它有的是辦法邀新人入坑。

「字面上的意思，讓別人去死，你就能繼續苟延殘喘。」延江宇平時說話就不太有起伏，此刻聽來更是冷上三分。

這個突來的插曲讓三人臉色都不太好看，尤其是延江宇，渾身透著冰冷的氣息。看他們這桌氣氛嚴肅，餐廳店長擔心餐點不合胃口，走過來關心還招待免費甜湯。延江宇其實覺得這家還滿好吃的，但有免費的餐點，他當然不會拒絕。

喝完甜湯，三人一致認爲，再拖下去APP可能又會出現其他變化，於是迅速找了家駭客店，要查出伺服器位置。只不過林欣晚上有課，就沒跟著一起去。

巫有津使出「鈔」能力，跟老闆說這是事關人命的急件，越快處理越好。

老闆有點嚇到，被巫有津的出手大方嚇到。他給了筆不小的數目，還只是訂金。

老闆收下重金，連連點頭，「好、好，我盡快試。」不多問客人的事，是他做這行的美德。

老闆在兩人面前查，手指在鍵盤上飛舞一陣，Enter鍵越按越大力。最後，他搔搔頭，「不好意思，可能需要點時間。太繁瑣了。明晚，你們明晚再來找我好嗎？」

語落，老闆拿出手機，「跟我講一下這APP哪裡載，手機先還你們。」

「不能載！」巫有津急忙制止，「這程式有鬼，很危險！」

巫有津的手機看起來毫無異狀，老闆以為這就是個普通的交友軟體，還爽朗地擺了擺手，「不怕，我抽屜裡都有放護身符！安啦！」

「老闆，這真的不能載。」延江宇拿出手機，「我這台給您用。」

巫有津急著問：「那你怎麼辦？你不用聯絡新的配對對象？」

「我已經聯絡上了。」想到這，延江宇頭就有些疼。

「我聊幾句後發現，對方是我某任前女友。她最後的訊息停在『不然一起死一死好了』，所以我想她晚上應該是不會聯絡我。」

巫有津聽了一愣，「你應該沒有答應？」

「還沒有。」延江宇朝他勾起嘴角，笑意卻沒有到眼底。

三人陷入不明的沉默。

沒有裝電池的手機持續亮著，螢幕上，溫馨的小特效閃動。

見狀，老闆默默打開抽屜，拿出護身符。

「我們明晚這時間會來找您，就再拜託。」延江宇說。

一天過後，兩人回到駭客店。

巫有津焦慮到不行，一進門就問：「如何？您有查到什麼嗎？」

延江宇倒沒像巫有津那麼急著發問。他因爲成長環境特殊，很會看人臉色，因此他從老闆的表情就知道，事情進展肯定不如預期。

即使老闆見多識廣，延江宇平靜的反應，還是讓他在內心暗自稱奇。

正常人遇上這種事，焦慮都來不及了，哪能不驚慌？但延江宇沒有，面對死亡威脅，他的反應異常淡然。

他不知道這算不算得過且過、消極等死？雖然延江宇有在解決問題，但絕對算不上積極。他的冷漠，是種求生欲望低落的展現。

在巫有津催促下，老闆把手機還給延江宇，面色凝重地解釋，「先說結論，伺服器位置查不到。這不是一般的架站方式，對方是高手。」

他接著說：「我問了圈子內的人，沒人能從這防禦手法中推出人選。所以我猜，對方並不缺錢，也沒有在這圈子接案的習慣。」

延江宇靜靜地聽，雖然伺服器這條線索是無望了，但他知道，老闆肯定還有找出些什麼，不然，老闆在他們坐下那刻，就會把訂金還給他們。

「不過……」果不其然，老闆把電腦螢幕轉往兩人。

「就算找不倒伺服器位置，APP裡還是會存在其他線索，像是設計、排版。這款APP的外觀實在太……特別了，不用大眾模板，而是手刻程式碼，還有很多不是新手會用的奇怪特效。」

老闆直搗結論，「所以，我推論，對方是個審美清奇的電腦高手。」

巫有津一本正經地回：「老闆，只有這句話，我們大概得再找個通靈王。審美這種事沒一個標準，您也說他不是你們圈子的人，這樣我們下一步要上哪查？」

「別急，我話還沒說完。」

老闆手指比向電腦畫面，那是一筆交易紀錄，「雖然查不到伺服器位置，但我找到這個！」

老闆揚起頭，鼻子都快頂到天花板，「心跳APP原先設計的外觀模板，是在這筆交易中被轉賣出去的！我查不到現在經營伺服器的買方，但是賣方就很好查了。」

老闆以為自己是電視上某名擅長破案的小學生，推了推鼻梁上不存在的眼鏡，「巫同學，你之前說，你是什麼學校的？」

巫有津被問得莫名其妙，但他還是照實回答：「明燦大學。」他轉念一想，意識到老闆這樣問的用意，忍不住睜大眼睛，「賣方難道是我們學校的人？」

「說是你們學校的人，也不大正確。」

老闆揭曉答案，「這是黑市交易，賣方不是以個人名義賣出的。我順著資料找，發現賣方從不揭露個人資訊，用的名稱都是『戀愛學分研習社』。」

「哈？戀愛學分研習社？去了難道會發女朋友？」

回去的路上，巫有津不斷吐槽，連他這個玩咖都沒聽過的社團，肯定快倒社了。

延江宇對這件事不予置評。他不玩社團，過去的女友也幾乎不找同校生，省得分手後麻煩。也不是怕尷尬，延江宇能遊走花叢，早懂得「人不要臉天下無敵」。他推崇好聚好散，沒感覺就換，久了，就會發現切開生活圈是最快的方式。

「我剛剛查，這社團雖然有粉絲專頁，但已經很久沒更新了。我有傳訊息，至今未讀。」延江宇沒有批評社團，他看向巫有津身後，「小欣來了，讓個位置給她吧。」

剛打工完的小欣坐下後，一開口就問：「有線索了？」

巫有津把在老闆那聽來的複述一遍，還加上主觀想法，「這社團超怪！到底誰會參加這種社團，一聽就是去聯誼。還研習，拜託，有什麼好研習的？研究姿勢？」

「也不是啦……」林欣表情有點不自然，「說不定沒那麼膚淺啊。光是情愛發展理論就好多派，還、還有怎麼建立自信心，或遇到情緒勒索該怎麼辦，如何防止PUA之類的……」

「超怪。誰談個戀愛會想那麼多？」

「但就是、就是……」林欣欲言又止，「嗯……真的很怪？」

「真的。這什麼魯蛇才加的社團？」

巫有津說完，手肘推了推沉默的延江宇，「不要在那裝，你明明也覺得怪吧？」

延江宇想替他嘆氣，巫有津完全不會讀空氣，是什麼陽光善良的猴子嗎？還沒進化出看人臉色的能力？

最後，林欣打破沉默，「但我其實……是社員耶，哈哈。難怪我都交不到男朋友，原來是因爲社團教的不對嗎？哈哈、哈，我會去跟副社講一下，請她以後不要再報告三小時的情愛關係理論……」她越說越小聲，笑聲在三人之間逐漸凝固。

巫有津深吸氣，點開手機，「我去波蘭的機票買好了，今晚啟程。」

「這麼突然？」林欣困惑，似乎沒有聽懂這個梗。

「他說話不經大腦，沒有惡意。」延江宇出面緩頰，把社死又圓場失敗的朋友推到一旁，「不過，我以爲妳不玩社團？」

「當初社長非常懇切地拜託我加入，說少了我他們會倒社。如果倒社，歷屆累積的心血就會白費。辜負學長姐，他會食不下嚥、精神憂鬱……唉，總之，我看這社團不太花時間，又拒絕不掉，只好加了。」

所以這社團是先示範怎麼情緒勒索，再教人怎麼拒絕嗎？延江宇想，那也是很高招，畢竟被情緒勒索入社的人是真的該學這個技巧，但感覺林欣還是沒學會啊？

「說到社團，後天我們要期初迎新，你們要不要來？」林欣沒意識到哪裡有問題，從包裡拿出傳單，「那是社長少數會出現的時間，如果有事要問，這場合應該適合。」

他們接過宣傳單，這次配色終於不是紅配綠，但一樣是美感死亡的設計。

有機會接觸到社團裡的人當然好，只不過……延江宇盯著傳單上的活動地點和時

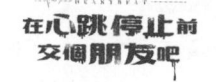

間——活動中心四樓三〇一室，半夜十二點整。確定是迎新大會，不是試膽大會？

巫有津發出疑問，「我記得活動中心沒有四樓？三〇一在三樓。」

「因爲學校覺得我們要倒社了，不發社辦給我們，我們只好躲到三〇一的天花板上。」林欣忍不住咕噥：「學校好壞。幸好那裡算大，雖然偶爾會有蟑螂跟老鼠……啊！忘記問，你們會怕蟑螂嗎？」

「還好，不算很怕。」延江宇說。

「那就好。不然要多帶幾罐殺蟲劑。」林欣一點都沒發現問題所在。

延江宇和巫有津對看一眼，確認過眼神，事實證明，戀愛學分研習社眞的超怪！

迎新當天，他們撬開三〇一的門，在林欣引導下翻上天花板。

他們從高中就很有翻牆經驗，不過翻社辦的天花板，這還是第一次。

雖然在參加前，延江宇就猜想現場不會有很多人，但一到集合地點，現場冷清的程度還是超乎他的想像。

社長、副社、林欣，加上他們兩個。沒了。

沒了！

巫有津眼角抽搐，看了這陣容後說出內心話：「你們這樣，不倒社才有鬼吧？」

第三章 戀愛學分研習社

延江宇不斷自我說服，試圖催眠自己：這場地沒有那麼差。

水管管線上綁有歡迎氣球，折疊式小桌上放著餅乾、罐裝飲料和社團介紹。每種小餅乾都用加蓋的保鮮盒裝（林欣表示，怕蟑螂飛進去）。布置是有，吃喝稍嫌寒酸，但聊勝於無，看著還有點社團迎新的樣子。

如果社團幹部的畫風不要這麼怪異，那他會看在餅乾的分上，多點耐心。

「什麼倒社？煬煬不准你這樣唱衰我們！」

「社長！我們不是說好，你不能站起來嗎？這樣會嚇走新生！」林欣用全身重量拖住社長王煬的拳頭。

「我朋友說話比較直，他不是故意的。大家先……先坐下吃餅乾！這是迎新、迎新大會耶！我們先互相認識！」

林欣要王煬坐下不是沒有原因，他身形魁梧得不像話，連身高一八五的延江宇都得抬頭看他。

雖然他身上肥肉比肌肉多，但體型優勢不容輕忽，王煬生氣起來，隨手一揮都能把人撂倒。然而，他的講話方式……

巫有津噗嗤一聲，笑得很欠揍，「靠，這什麼從漫畫走出來的人設？還真的啊？」

他躲到延江宇背後，心中吐槽，難道這就是傳說中的少女系壯漢？

延江宇處變不驚，就算現場一片混亂，他腦中依舊記掛著心跳APP的事。現場人少，他們目標範圍就小，這是好事。

他問巫有津：「你覺得是哪位？」

「什麼哪位？」巫有津還在笑，但王煬的拳頭要揮過來了。

「審美清奇的電腦高手。」

巫有津視線瞥向坐在角落的副社，她雙手環住膝蓋，安靜地蹲在角落。她身上寬大的圓點裝鬆鬆垮垮，衣襬垂落地面，尺碼明顯不合身。

副社整個人像顆自閉蘑菇，一點都沒有身爲幹部得招攬新生的自覺。

巫有津說出眞心話：「都很怪，但社長好像更怪一點。」

「好。」

好什麼好？

等巫有津意識到延江宇想幹麼，延江宇已一手撥開迎面而來的拳頭，抓住王煬前襟，拉近身，同時長腳往對方右腿內側一掃。那速度和力量，和平時沒在鍛練的人相比，完全是兩個世界。

碰！王煬重心不穩，瞬間背部著地，身軀在地面撞出悶響。

「啊！痛痛痛！」被壓制的王煬氣得抽噎，「你們這些壞人！怎麼這麼粗魯？」

巫有津傻眼，「比我還不能打，你的身材是紙糊的嗎？」

他就沒想過，那是延江宇以前對他手下留情。

王煬仍被壓在地上動彈不得，只能自以為凶狠地瞪向延江宇，「媽媽不喜歡煬煬打架，不然你早就死定了！她說會打架的人以後會變不良少年，被抓進牢裡關到死！」

延江宇彎起眼，「呵。」

「你們幹麼這樣？」

林欣剛剛才努力拖住王煬，現在又要拉開跨坐在王煬身上的延江宇，整個人累得滿頭大汗，「男生怎麼都這麼重！」

她的頭轉向角落，崩潰地喊：「依依！快來幫忙，讓他們坐下聽妳講學期規畫！」

牆角的人動也不動，低聲喃喃：「依依不在家，現在是顆蘑菇。」

「依依在家、在家啦！」林欣簡直要瘋。

「不是，小欣，明明是你們社長先動手的？江宇這樣是正當防衛吧？」巫有津還在看戲，他和延江宇相識多年，不需言說的默契還是有的。

他痞氣地笑了笑，從包裡拿出手機，手指輕點林欣肩膀，請她讓讓。

他想，既然社團人數這麼少，那兩人之中，總歸有人知道心跳APP的事。

「不知道林欣有沒有跟你們說過，我們這次來，是想問你們一件事。戀愛學分研習社要倒不倒，我們不在意。真的有需要人頭，若我們合作愉快，之後可以幫忙。」

巫有津點開心跳APP首頁，湊到王煬眼前，「這你們做的嗎，有印象賣給誰？」

王煬咬牙，「煬煬才不會屈服於惡勢力！」

「惡勢力？」巫有津失笑，「我們是正義天將吧，這程式不知道害死多少人了。」

王煬沒有回答，用豆子大的眼狠狠瞪人，可惜沒什麼威懾力。

巫有津聳聳肩，起身走到角落，問埋在圓點裝裡的副社關依依，「小蘑菇，還是妳知道？」

她只說了一句話：「蘑菇不想被吃掉。」

「江宇，問不出來耶！我繼續問嗎？還是你已經有想法？」

「這樣就好。」

延江宇很會察言觀色，在他眼中，人的眼睛會說話，緊張時尤其坦白。

他放開王煬，拍掉肩上灰塵，涼涼地調侃，「社長，你媽媽有沒有跟你說過，遇到不良少年最好別跟他嗆聲，免得對方瘋起來會把你打死？再問一次，你用社團名義把心跳APP賣給誰？」

王煬臉色刷白，沒想到這麼快就被抓包，還想繼續裝傻，「什麼 APP？我不知道。」

「我是認真的。這款APP現在有問題，有人拿它犯法。」延江宇抓住他，逼他看仔細。

王煬用力甩開手，像個小女生般嗔怒，「煬煬就說不知道了！不要動手動腳，沒家教！」

「你這樣是包庇犯罪。還有，我家沒人，不要跟我提『家』。」延江宇淡淡地說。

「唉唷，還威脅我？」王煬雙手叉腰，指著延江宇鼻子罵：「你這種長得帥的小白臉，煬煬最討厭了！看起來就是高中都不回家，整天在外面交女朋友，可惡！」

剛才扭打的傷口還隱隱發疼，王煬心中一股氣，一罵就停不下來。

「你是不是沒學過『暴力不能解決問題』？我媽媽從小就說，煬煬就算長得高，也不能仗勢欺人！動手不如動口，煬煬從小到大沒有和人打過架，都是家裡教得好。」

「我說了，我家沒……」

「我都是嚇嚇他們而已，哪像你，有夠沒禮貌！」

「你適可……」

「煬煬衣服被扯壞，回去媽媽還會擔心，怕煬煬在外面遇到壞人。這件衣服還是過年時媽媽買給我的，你是不是該賠——」

「哈……你夠了沒？」延江宇忽然扯出一抹笑，強勢打斷還在說話的王煬。

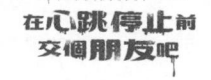

「左一句媽媽，右一句媽媽。公主大人，媽媽有沒有跟你說過，要聽別人說話？」

有人會說，平常不生氣的人，生起氣來才是最可怕的。

家——過去，延江宇受縛於這一字，經手的骯髒事難以計數。

巫有津曾說他沒有傷天害理，他心中不以為然，只是懶得反駁。

「巫有津，他說我沒家教。什麼叫做家教？」延江宇還在笑，「家裡有人帶眞好，我媽怎麼什麼都沒跟我說過？公主大人，你沒打過架，怎麼知道打架不好？」

等等，完蛋了，巫有津傻住，他已經很久沒看到延江宇這副模樣。

延江宇高中曾因傷人鬧事被退學，從第一志願轉學到巫有津的班上。

他已經正常很多年了，正常到連巫有津都快忘了這傢伙有地雷。平時看似正常，但要是不小心踩下，包準會死無全屍。

身形高　的男人一拳揮出，不偏不倚，正中王煬下腹。

王煬雙眼暴突，胃都快吐出來了。他這一刻才知道，延江宇剛剛其實已收力不少。

「打人超有趣的。」延江宇活動著指節，神色狠戾，惡劣地笑道：「打輸的賣掉，打贏就能活。沒有比這更公平的事了。」

林欣只見過中邪的人會這樣打人，沒想過延江宇平時冷靜自持，居然也會瞬間喪失理智。

看見他把大個頭的王煬當軟沙包揍，她嚇到語無倫次，「別再打了，再打會出事！

這裡是不是風水不好？命緣娘娘救命呀！」

躲在角落的蘑菇關依依看苗頭不對，從角落急竄而出，「孢子噴射——」

她想逃跑，卻被眼尖的延江宇抓到，一個掃腿就讓她跌得狗吃屎。

延江宇像個大魔王，微笑著步步逼近她，「小蘑菇，別跑。我後來想想，妳也挺不對勁的？」

「我的天。林欣，來幫我！妳不要看他平時挺正常，他有病啊！」

語落，巫有津朝延江宇喊：「操，延江宇你醒醒，你不是很久沒發病了嗎！」

巫有津趕緊倒出書包裡的東西，從裡頭抽出一條麻繩。他將繩子繞上手掌，踩著水管管線跳上跳下。

天花板上發出「咚咚咚咚」的聲響，如果半夜有人路過，八成會以爲三樓鬧鬼。

現場往失控狀態急速奔馳，林欣內心悚然，正常誰會在書包裡放粗麻繩！

她原本以爲巫有津拿繩子是想綁住延江宇，但並非如此，現在根本沒人治得住他。那條繩子，是被巫有津拿來勒他脖子的。

巫有津動作靈敏，也只有練田徑的他能這樣和延江宇耗了。

他們過去早已演練過很多次了……

延江宇曾說，如果他哪天不小心失去理智，請直接弄昏他，他命硬，沒那麼容易死。

當時巫有津還開玩笑，「江宇，你不會是因爲我能弄昏你，才跟我做朋友的吧？」

麻繩終於套住延江宇，他還像個瘋子一樣在笑。但他感覺視線因缺氧逐漸模糊，右手胡亂地扯著脖上的禁錮，久違地替自己感到悲哀。他不知眼角的淚水，是純粹的生理反應，還是他內心在爲這場鬧劇哀悼。

「都去死一死好了……」他喃喃。

巫有津看準他昏迷的前一刻，放鬆了拿繩索的力道，穩穩地接住他。

然而，昏迷的延江宇，感覺自己仍在下墜。

他的意識宛如成了深海的俘虜，在黑暗中下沉再下沉，最終落入一個沒有人、沒有光，也沒有希望的淒苦之地。

再次睜眼，延江宇見到巫有津和戀愛學分研習社的人圍著他坐了一圈，活像正在舉行邪教儀式，馬上要將人原地獻祭。

林欣遞給他一罐水，「學長你……還好嗎？你昏迷半小時了。」

「謝謝。」延江宇聲音乾啞，眼裡掩不住疲憊。

他接過水，沒有回答林欣，抬眼掃過周圍幾人，致上歉意，「抱歉。我很久沒這樣了，幸好你們沒有大礙。」

他有自知之明，不受傷是不可能的，沒重傷就已是萬幸，果然叫巫有津隨身帶麻繩是未卜先知之舉。

「延哥哥，雖然打人不對，但煬煬也有錯。」王煬臉上貼了一堆ＯＫ綳，全身頂著大小瘀青，撐著發脹的眼說：「煬煬也跟你道歉。」

戀愛學分研習社的三人都是大三生，延江宇和巫有津是大四。論年紀他們是比較大沒錯，但被一個身高快兩米的人喊哥哥，換作是喊巫有津，他當下一定會把口中的水噴出來。

不過，延江宇在意的層面不同，「別喊我哥，叫名字就好。」

王煬一愣，注意到巫有津在對他擠眉弄眼，「好。煬煬會記得。」

接下來，眾人十分有默契，都沒有再提到有關「家」的事。

延江宇臉皮厚，就算知道剛剛自己的模樣駭人，清醒後，還是能馬上融入群體。而社員們現在還願意接納他，這得歸功於巫有津苦口婆心的解釋。

「抱歉，我的錯。我應該先提醒你們，他有病。」

時間回推半小時，趁延江宇還沒醒來，巫有津面色凝重地說了這句很像在挖苦朋友的話。

但是，他非常認眞。

延江宇還沒成年就把酒當飲料喝，那時，他和巫有津蹺課到頂樓陽台，手上還拿了罐百威啤酒。

他告訴巫有津，他高中時就是傷到太多有勢人家的小孩才會轉學，還被抓去看精神科。他平時正常，但只要重複提到一些關鍵字詞，情緒就會失控。

「醫生好像說，這是間歇性暴怒？還是什麼的，我也忘了。不重要。有個病名也不錯，有未成年和精神狀態這兩個考量在，判刑結果幾乎都是社區服務和治療。」

講到這，他略爲停頓，話中帶了點自嘲的笑意，「你也知道，未成年等於年輕、不懂事，犯錯也情有可原。總之，法官會希望我未來能回到社會生活。」

「那治療有效嗎？」當時巫有津和他剛認識不久，還有點怕他再次發病。

「嗯……」延江宇沒正面回應，「演久就會變眞的了。不過，還是能讓你替我上個保險。」

他一手捏扁喝光的啤酒瓶，從口袋裡抽出條麻繩，遞給嘴角抽搐的巫有津。

「來，勒我。」延江宇解開制服扣子，指指脖子，「稍微用點力。但別太久，我會做鬼找你。」

這什麼窒息play？巫有津怕死了，根本不敢動手，怕把朋友用得半死不活。

但在延江宇的循循善誘下，他還是有學成這個「保險」，才能及時化險爲夷。

關依依現在已經從蘑菇變回人，她做人的時候很正常，只是有點害羞。聽到這裡，她怯生生地舉手，「那到底哪些算是關鍵字詞？」

「有關家的事？」巫有津手抵著下巴思考，「也不是說完全不能說到這個字。畢竟這幾年看他交那麼多女友，也沒因爲有暴力傾向被罵過，都是被說『渣』。反正，不要特別去戳地雷他就好……」

巫有津彈了個響指，「啊！媽媽、爸爸，這類的家人稱謂也不要提到，他家只剩他一個。」

王煬想起他稍早的舉動，慚愧地低下頭。

林欣卻是想起曾在廟裡聽過的話，「但婆婆好像說，他還有個哥哥？」

「哥哥？」巫有津努力翻找自己的記憶庫，苦思後說：「沒有，我確定沒有。就算有也已經死了，我從來沒有看過……」

他原本還想繼續聊，跟大家好好解釋延江宇眞的不是壞人，但當事人就這麼醒了。

有關延江宇的話題，順勢到此爲止。

雖然中間搞了齣鬧劇，但他們沒有忘記今晚是爲何而來。

在延江宇昏迷的時候，巫有津就已經跟他們談好APP的事。

談話過程中，王煬支支吾吾，事關合約他也不能詳細說明，而關依依表示只負責製作，完全不知道買方是誰。

一聽到心跳APP現在變成這樣，王煬心裡很過意不去。他提出交換條件，邀請他們倆幫忙辦活動，吸引人加入社團，若新生超過十個人，就把買方資料給他們。

「活動時間定在這週六，也就是後天。」巫有津問：「江宇，你沒問題吧？」

「都好。辦活動的事，你比我還行。」延江宇沒意見，決定全盤交給朋友操刀。

於是，這事就這樣定了。

迎新大會結束後，林欣私下找了延江宇，關心他的身體狀況。

她委婉地表示，他們用的方式很危險，希望延江宇能尋正規管道，好好看病吃藥。

「我現在很好，謝謝關心。」

即使被繩索勒住會帶來瀕死感，但他討厭醫院，更討厭一堆一直想治好他的陌生人。

他笑得雲淡風輕，「妳這麼瘦，才需要注意身體。打工接少一些，多去吃點好料。」

林欣腳尖踢著石頭，低聲咕噥沒人陪她吃飯。她小小聲地說：「我聽說學校後門新開了家義大利麵，不然我們下次一起……」

延江宇有聽到，也懂小妹妹的心思。他抿了抿乾澀的唇，在林欣還沒說完前回應：

「找小蘑菇陪妳去吧，她也缺人陪。」

言下之意，他不缺。

延江宇拒絕得極其輕巧，但事實上，他正處於罕見的單身狀態。

他現在沒有女友，只有位想和他一起死的前前前女友雪兒，正是在心跳APP中，放話要和他「一起死一死」的辛辣女人。

系館頂樓，延江宇一邊神色散漫地滑著心跳APP，一邊感嘆，「唉，巫有津，我們是怎麼從共赴巫山雲雨的關係，演變成共赴黃泉的模樣呢？」

巫有津還繼續和他講幹話，「嗯！你要去哪，我也都可以共赴喔！什麼都能玩，SM也上手。」

「我也上手，不然下次換我勒你？」

「還是算了。你好可怕。」巫有津其實沒膽，就是說說而已。

他看延江宇訊息傳不停，湊上前問：「你該不會和雪兒聊一聊就舊情復燃？上次林欣還來問我你喜歡吃什麼，她想替社長惹毛你的事賠罪。我是不是該早點告訴她，她沒什麼希望，趕快放棄比較好？」

「又不是她惹毛我，她陪什麼罪。她是公主社長的媽媽嗎？」延江宇輕笑，「不可能舊情復燃。不過你還是可以勸林欣眼光放高一點，不要栽進我這個前科累累的火坑，不值得。」

因為對話內容沒什麼，基本都是雪兒在罵他，所以延江宇也不遮，大大方方地遞過手機遞給巫有津。

迅速滑過訊息，一堆「爛人」、「渣男」、「垃圾」充斥聊天室版面。巫有津光看內容，都覺得自己被攻擊到，他皺起眉頭，「你都不生氣？」

「我不是才剛發飆完嗎，你這麼期待我生氣？」

延江宇真的不常生氣，只是巫有津看不出這是不是他的演技，「她們心裡難過，罵我出氣。這也沒什麼，就給她們罵。」

「那你就不難過？」

「不難過。」延江宇想也不想，淡然地回：「我女友一任換過一任，你覺得我會多用心？我就是性格扭曲，誰接近我誰倒楣。我怎麼可能會難過？」

有些人會說延江宇薄情，只有他自己知道，那不是薄情，是一開始就不上心。

他有時會懷疑，他的心早在很久以前，就在那牢籠般的地方被惡意吞噬殆盡。沒有心的人，自然也沒辦法喜歡人。

那窄小、痛苦，終日與血淚相伴的牢籠……

破碎的回憶閃過延江宇腦海，他掛在天台欄杆上，半身在外，十層樓的高度，底下的車水馬龍都成了流竄的點。

他往下看，平靜地說：「我這個人，僅存的優點就是很有自知之明吧。每次交往前，我都會先說清楚，我不是適合託付的人。她們聽不進去，要分手時才會認清自己不是那個『奇蹟』。鬧成這樣，我也很無奈。」

他頓了頓，放輕語氣，「我其實不希望有人因爲我而受傷，但實際表現的都是另一回事。我給不了，卻不拒絕。或許傷人的基因早就刻在血裡也說不定？離我遠一點，對所有人都好。」

巫有津聽了，一時啞口無言。

冬天的冷風涼透骨裡，他被吹得腦袋打結，問出一句沒頭沒尾的話：「那你怎麼辦？」

延江宇側過頭，斂目而笑。他的回應輕柔得像隨時會化散風中。

「不怎麼辦。」他又補一句，「說實話，如果不是你也載了心跳APP，我根本懶得解決這件事。我未成年就犯重案，和披著人皮的怪物沒兩樣，死於非命也是剛好而已。」

巫有津被堵得說不出話，只好移開視線。

他不得不承認，延江宇是個沒心沒肺的人。能和他做朋友，但不能當他的愛人。

「說多了，你別放心上。當我在胡言亂語就好。」延江宇感受到他的低落，拍拍他的肩，漫不經心地把目光放回手機。

他之所以有一下沒一下地回雪兒，是想邀她參加週六社團活動，趁機見個面。

他看過巫有津的活動企畫書，他設計了從中午開始的半天活動。到時會以社團名義借一間教室，他們幾個各自負責不同關卡，來賓可自由選擇有興趣的項目參加。

巫有津印傳單時，標題取得很聳動。

「即刻脫離單身狗，讓你／妳不再有戀☆愛★煩♀腦♂！」

從那幾個符號，延江宇感受到一股惡趣味。

但巫有津還沒玩完，安排延江宇當關卡「好聚好散」的關主，就因為在場他最懂得分手，簡直天上掉下來的最佳人選。

延江宇看雪兒又傳幾條訊息來，低垂著眼，表情若有所思。

雪兒年紀比他大，確切年長幾歲，延江宇記不太清，只記得她已是社會人士，從事餐飲業。夜裡纏綿之前，他都會放空聽她抱怨一段時間，聽膩了，就俯身堵住她的嘴。

對此行徑，巫有津評價「眞渣」。

別人接收到的愛意，只是他用來讓她們閉嘴的手法。但延江宇皮相好，這招屢試不爽，對年輕女孩尤其受用。

雪兒年長，見的人也多，她交往時就隱約知道延江宇是怎樣的人，可她還是捨不得放手，因爲，她放了眞感情。

延江宇盯著手機畫面，回想當時與雪兒分手的情形，其實並沒有太難堪，頂多有點遺憾。

思索間，心跳APP跳出通知，延江宇發散的注意力被聲音拽回，那是他只聽過一次的提示音。

低頭一看，惹眼的紅綠訊息框再次強勢登場。

「心☆跳★APP推陳出新，見面趣味再升級！」

「快完成見面隨機小遊戲，彼此感情再升溫！」

延江宇手一緊，大有把這垃圾手機捏爛的架勢。誰需要跟前女友感情升溫？他不回溫過去的。

這次軟體更新後，更大幅度影響到原用戶。延江宇雖然被煩得心亂，但靜下情緒後，還是細細研究多出來的功能。

如今要免除死亡威脅，不只得和配對對象見面，還要在見面時完成小遊戲，才能停止倒數計時。

遊戲是隨機的，心跳APP沒說可能會出現哪些遊戲。

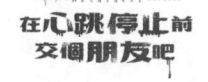

延江宇研究完新要求，心想，也只能走一步算一步了。

▯

今日是戀愛學分研習社的活動日，也剛好是巫有津和延江宇死亡倒數的最後一天。早上，巫有津去見他的配對對象，小遊戲出乎預料的簡單，他抽到「你問我答」。巫有津誠實交代一下，這次配對安全下莊。

延江宇則邀雪兒下午到活動地點找他，不過雪兒已讀後一直沒有回覆。巫有津很替他緊張，但延江宇本人倒顯得輕鬆。

比起雪兒會不會來找他，他更在乎是否有超過十個人填寫入社表單。

他看看手錶，現在時間下午一點，距離活動開幕已過去一小時，現場仍是小貓兩、三隻。王煬負責食物攤位，半杯紅茶都沒銷出去，關依依甚至明目張膽地窩在關主位置睡覺，原地變蘑菇。

延江宇撐著顎，朝巫有津使眼色，「這樣不行，基礎人流不夠。」

巫有津乖巧地跑到他面前請示，「您有什麼好方法嗎？」

「跟你借一下手機。」

延江宇拿了他的手機，走到活動看板前，看了看周遭。

他挑定一個好位置，隨意往牆上一靠，「巫有津，你從那個位置往我的方向拍。對焦不要對我，對看板上的地點。」

巫有津一驚，這是什麼欲擒故縱的操作？好高招！他還一直以爲延江宇不懂拍照。照片像是不小心拍到延江宇，可是身形、側臉依舊能認出他就是上回誤入巫有津跳桌影片，不愛用社群軟體的那位天菜。

延江宇用巫有津數千追蹤的社群帳號發了限時動態，旁邊還打上「好無聊，怎麼都沒人」的小字。

延江宇平時不賣臉的。巫有津心中感嘆，他眞不愧對「情場高玩」的頭銜。隨著動態閱覽人數上升，原先空蕩蕩的教室終於有了生氣。

不少人本就是爲了一窺延江宇眞面目才來，因此他的關卡「好聚好散」，從發出限時動態後就一直沒空過。

延江宇對聊天一事得心應手，很多人也不是眞的有感情問題想找他諮詢，就只是想看著那張臉講話。

站在門口引導人流的巫有津忍不住搖頭。看臉時代啊，實在膚淺！

第二受歡迎的，出乎意料的是關依依的關卡。雖然她不太擅長講話，但關卡性質是塔羅占卜，本就屬於熱門類型。

「小蘑菇，大蘑菇，會聽人話的就是好蘑菇！」

這是關依依的攤前標語，她不只會占卜，更能充當「蘑菇牌心情垃圾桶」。

關依依一如往常身著圓點裝，她今天爲了配合塔羅牌顏色，刻意選擇紫色點點，還咯咯竊笑，偷偷和巫有津說自己是顆毒蘑菇。

早上，巫有津趁著活動還沒開始，跑到她的攤位玩。他在好奇心驅使下問關依依：「妳本來就會塔羅？」

「不會耶。」

「所以是爲了活動，這兩天硬學的？」巫有津佩服她的毅力，「好厲害！」

「沒有，現在還是不會。」

她窩在地上，抱著電腦傻笑，「蘑菇不用會塔羅，只要知道今天會不會下雨。」

她的短髮內彎，外型還算可愛，就是腦袋思路讓人摸不太透。巫有津聽不懂，「妳不會算塔羅，客人來時要怎麼辦？」

關依依神祕地指了指懷中筆電，「現在網路發達，我和社長一起寫了個運算快速的線上解牌。只要照著參考答案，再瞎掰給客人聽就好。隨便唬唬，八九不離十啦！」

這方法也是奇葩，巫有津暗想，說不定關依依比林欣還適合當仙姑，但她可能只想當鮮菇。

說到仙姑，林欣的攤子確實就跟仙姑有關，她負責解夢。雖然延江宇一看就知道她根本沒請到命緣娘娘，大部分都是半猜半解。

不過沒關係，會用撞鬼一事拆她台的，也只有延江宇了。面對一般民眾，林欣的演技算在線，只是偶爾會有人抱怨不準，所以她的關卡沒那麼多人。

至於王煬的食物攤，爲了增加趣味性，巫有津有規畫了一個小活動，只要猜中杯中紅茶總重，就可以免費拿走飲料。

王煬顧攤時沒有刻意隱藏或改變獨特的說話方式，還有人以爲他是故意的，稱讚他放得很開，想和他一起錄小短片。

巫有津和延江宇在旁邊聽到，忍不住竊笑。

時間轉眼流逝，活動表定在下午五點結束。最後半小時，人潮開始散去。

目前填入社表單的人數遠超預期，一半是因爲有巫有津和延江宇擔當門面，另一半是因爲仙姑和鮮菇得人緣，很受歡迎。

然而，天色越晚，巫有津內心就越是不安——雪兒仍沒出現。

可當事人延江宇表現得彷彿不記得這回事，態度平靜。

延江宇看林欣神情認眞，坐在個人攤位上抄抄寫寫，好奇地走過去瞧。

他瞄一眼，原來是上課筆記，整頁密密麻麻的複習痕跡。

「要考試了？」延江宇問。

「下禮拜一要考銷售管理關係。」林欣懊惱地說：「我現在才讀一半，都還記不太起來。」

延江宇再看一眼她的筆記，笑了笑，「妳現在列的這些細項，感覺都不是重點。不如找個時間釐清脈絡，再往下記，會比較有效率。」

延江宇溫聲說：「我幫妳打聽看看考古題吧。」

他若收起平時拒人於千里外的態度，眉眼間不經意流露的溫柔就像醇酒，光看都會醉。

「剛好有朋友修過那堂課，說不定會有幫助。」

林欣看得出來，延江宇是天資聰穎的類型。她不理解他怎麼會放棄大好前程，從第一志願的資優生，淪落成整日得過且過、散漫享樂的模樣？

然而，這困惑林欣再好奇也是無解，畢竟連好友巫有津也不清楚他精神問題的起因……

「啊、好……謝謝學長。有考古題的話就太好了。」

林欣想了想，能受延江宇提點的人也不多，這讓她不知爲何有些局促。

雖然延江宇自認品行不好，但撇去發瘋揍人那次，她看到的完全不是那麼一回事。

延江宇平時過分體貼，這份體貼是種超齡的成熟。他替她擋下起鬨的朋友，讓位給被雨淋溼的她，只要身邊有人稍稍顯露一點不愉快，他就能第一時間察覺。

林欣的思緒飛速運轉，努力想再說點什麼延續話題，兩人硬是聊了一陣。

教室前門關上，現場除了還在算塔羅的幾個女生，其餘閒雜人等皆已離去，大家準備收攤。

延江宇在活動結束前幾分鐘回到自己的攤位。他很有耐心，也還在等。

碰！

四點五十八分，教室前門被猛然推開，發出巨響，守門的巫有津嚇了一大跳。

一雙大長腿踏過門檻，寒風隨之灌入教室。

來人頂著波浪捲髮，黑披肩、皮長靴，不用光腳神器就能展示腿部好曲線。

女子昂首闊步，彷彿壓軸明星般煞氣登場。

她上揚的眼尾極富侵略性，一開口就語氣不善，「延江宇在哪？叫他給我死出來！」

女子來勢洶洶，王煬身爲戀愛學分研習社社長，認爲他有必要出面協調，走到門口，用碩大身軀堵住女子去路，「時間到了，我們現在要收攤，請您離開！」

女子一腳斜岔，瞇起眼，即便有身高差距，氣勢也沒輸半分。

「你誰啊？我找延江宇，你插什麼話？」她拉開王煬橫在面前的手，眼神凌厲，「閃邊去！」

「妳怎麼這麼蠻橫？」

王煬這幾天一直遇到無法溝通的人，心中怨氣不知往哪去，只能像個搶輸玩具的小孩，沒什麼殺傷力地指著女子背影說理。

女子嗤笑一聲，放他在一旁乾跺腳，完全把他的碎念當耳邊風。

她已經看到了，她要找的混蛋，正悠悠哉哉地坐在教室後頭看好戲。

延江宇拉了張椅子，邀請對方入座。雖然觀賞公主社長生悶氣很是有趣，可惜他現在有正事要聊。

「公主大人，沒看出她是黑魔女嗎？差不多就好，再要白目，小心等等被毒殺。」他不是在威脅，只是希望王煬安靜。

女子毫不客氣，坐下時瞪了延江宇一眼，「什麼黑魔女，你什麼意思？」她明明皮膚白皙，吹彈可破，就這人不識貨！

「魔女不都很漂亮嗎？」延江宇若是有心，黑的都能講成白的。

「雪兒，好久不見。我這是稱讚妳駐顏有術。」

雪兒冷笑，「好久不見。廢話可以省省。」

她進門時看到社團名稱，忍不住酸溜溜地問：「你居然會參加這種社團？愛情學分你修夠多了吧？我看都能開班授課。」她看往桌上的攤位牌，「好聚好散？哈？」

延江宇淺笑，接下雪兒的怒氣，和顏悅色地說：「我這關，是來教人怎麼放下一段感情的。妳要聽聽嗎？」

雪兒用眼神示意他請便。

「官方說法是，找出不合的原因，雙方說開，總是比冷處理好。」

「那你是完全不及格。」雪兒勾起紅唇。

延江宇沒被她的酸言酸語刺激，略為停頓後便繼續說：「但我沒要跟妳說官方原因。教科書人人都看過，但學不起來啊？我們之間，適合個人課程。」

修羅場才剛開啟，巫有津就偷偷坐到附近假裝喝飲料，把耳朵豎得很尖。而關依依探頭探腦一陣，決定坐到巫有津對面，手上忙著洗塔羅牌。

延江宇拿出手機，滑過他們這幾天傳的訊息，「我算過了，妳這幾天罵最多的，不是渣男或垃圾，而是騙子。」

那堆咒罵人的留言，讓延江宇唇邊淺笑染上一絲無奈。

他倚著頰，坦然得像是沒犯錯的人，「但我沒騙過妳。從喜好到個性，課表到見面對象，妳問什麼，我就答什麼，從沒說過謊。我不想談的，都直接拒絕了。」

他放下手機，正眼看她，「雪兒，這樣，妳還覺得我騙妳什麼？」

雪兒覺得延江宇很荒謬，荒謬到她一時之間還真想不出這問題的答案。

她想，延江宇就是愛情的騙子。從頭到尾都沒放感情，卻騙走她的身心和時間。把她攫取一空，又毫不留戀地離開，分手隔天無縫接軌。

為什麼……他能這麼理直氣壯？

「這樣口頭得利，很有趣嗎？」雪兒輕咬下唇，雕花美甲刺入掌心。

延江宇不是她的初戀，也不是她交往最久的人，她在他身上卻跌得最重。「你根本不愛我，一點都沒有。玩弄別人很有趣嗎？你享受主控權，讓人越栽越深，卻什麼都不想付出。」她咬著牙，「延江宇，你真的很惡劣。」

延江宇聽完，輕笑一聲，舒展眉眼，像是困惑已久的問題終於得解。

他視線看向窗外，凝視著遠方好久、好久，才轉回來看她。

延江宇有雙深邃的眼，他的溫柔，是種虛假的朦朧美。看穿柔情表象，再往裡探，就會見到無邊漆黑。

喉中吐出一聲悠長嘆息，他望向雪兒，帶笑開口：「但是，小雪……我沒說過愛妳。甚至，我一開始就說了，我不是好人。」

延江宇的絕情就在於此，即使他聲音再好聽，說出來的話都還是會傷人，「所以，我們分手的原因，是當初在一起時，妳就有一廂情願的遐想。」

好過分，連一旁偷聽的巫有津都在心裡大罵。關依依的牌洗到東掉一張、西掉一張，林欣頭低低的，王煬則直接不想演，嘆氣嘆到整間教室聽得清清楚楚。

雪兒心中暗嘲，也是，她明明早就知道結果，到底還想問什麼？

她覺得自己像小丑，明知戳破氣球會嚇到，卻還是耐不住手癢。

轉念一想，小丑也沒什麼不好，她能笑得比延江宇更大聲。

雪兒不是會困在過去的人，她想通之後，大聲拍了幾下手，開啟自嘲模式，「是啊，是！延大帥哥，你說得沒錯，眞的是我自作多情。謝謝愛情大師開導啊，受教、受教。」

人是會長大的，社會沒那麼溫柔，人經挫折洗滌，才知怎麼豁達生活。越來越多記憶流過指縫，眞正重要的事，卻會越來越少。篩下最珍貴的再保存，這樣就好。

「好啦，好聚好散。那個什麼APP，我們來解一解上面的指令。你說，你們想解決掉這個APP是嗎？祝好運啊，姐姐等你們成功。」

畢竟相處過，延江宇知道雪兒不是口是心非的類型，她說放下，就是眞的放下了。

他們倆同時拿出手機，動作很一致，隱約還有股默契存在。

延江宇點到相應畫面，等雪兒開啟程式，「遊戲類型給妳抽吧，我運氣差。」

雪兒點頭，按下畫面中的輪盤。

轉盤繞上幾圈，緩緩停下，跳出一行大字。

「登愣！你們的遊戲是：心電感應！」

遊戲規則顯示於畫面，延江宇讀了規則——

系統會出題問有關女方的一件事，由女方寫下答案讓男方猜。一旦抽了題，就不能再用任何方式交流答案。回答錯誤，死亡倒數計時即刻歸零。

如果坐對面的是陌生人，那玩這遊戲幾乎是必死無疑，幸好對象是雪兒。

延江宇只說：「抽得還行，妳繼續抽題。」

事關性命，雪兒還是有點緊張，「趁我抽之前，你要不要趕快把我的基本資料再問一次？」

「不用。事到如今，抱佛腳不會有用。」延江宇笑得很輕鬆，「要相信妳曾經的男友。我雖然不愛妳，但絕對夠了解妳。放心抽吧！」

雪兒聽完，忐忑地按下按鈕，兩人手機螢幕閃了閃。

延江宇視線掃過題目，玩味似地輕笑，這遊戲真是惡意滿滿——

「Q：女方身上最柔軟的部位是？」

「雪兒。」延江宇看完題，喊了腦袋陷入混亂的雪兒一聲。

「我在妳心中，應該還有那麼一點正直的成分吧？」生死當前，他還是泰然自若。

話說完，延江宇迅速填好答案送出，便把手機螢幕朝下蓋落。

雪兒不知他這是自信，還是不怕死，「你太快了吧？」

延江宇勾起嘴角，還有心情說葷話，「妳以前可不會這樣說。」

「我把妳全身裡裡外外都摸透了，這種問題有什麼好想的？照妳的直覺塡就好。」

雪兒覺得延江宇害她更緊張了，她咬咬牙，心下一橫，送出答案。

兩台手機同時發出歡樂的提示音。

「恭喜！你們默契滿分，答案是『心』！」

延江宇很早就知道，雪兒外表高冷，但其實是容易心軟的人。

所以他篤定雪兒一定會出現，不是因爲她怕死，而是因爲延江宇在訊息中求她來。

雪兒鬆了一口氣，背上冷汗涔涔。待心情穩定下來，五味雜陳的感受便慢慢浮上，此刻，她竟有點不敢看延江宇。

能答出這問題，代表延江宇是眞的很了解她，她可能一輩子也遇不到幾個如此知心的人。

雪兒忍不住想，當初是不是該拚命挽留他？但這男人剛剛才說他不愛她，她怎能那麼賤？

腦袋無法思考，雪兒只好嘗試轉移注意力。

她從一進門就留意到有人一直對著她猛瞧。

她看向林欣——一個乾乾淨淨的女孩，如果調皮地朝她眨眼還會臉紅，轉過頭裝沒看到。

雪兒覺得這反應可愛極了，和延江宇調笑，「新女友？」

延江宇沒正面回答，不知是不在意，還是故意不想給林欣聽見答案。

「妳嫉妒？跟一個小妹妹爭風吃醋，至於嗎？」

「哦？所以眞的是？」

「時間到，收攤了。」延江宇起身，臉上的笑容像張面具，總讓人看不清他眞實的表情。

雪兒以爲得不到回應了，正要離開，不料延江宇居然給了答案。

「當然不是。」

依照雪兒多年的情場經驗來看，這聲「不是」，有太多作繭自縛的顧慮。但她也懶得跟這男人爭論，長髮一甩，跟靴踢躂兩下，挪步至林欣身邊。

她親暱地勾起林欣的手，笑咪咪，「妹妹，喜歡延學長嗎？」

林欣表情遮不住，又結巴又乾笑，「欸、欸……沒有？」

論掩飾功力，延江宇比林欣好上不知幾百倍。雪兒從她這追到八卦，繼續深挖，「初戀？」

林欣臉紅了，這次，她眞的不曉得要怎麼回。

雪兒誇張地嘆了好大一口氣，手扶在額上，「唉！延江宇，你眞的是禍水！」

雪兒攬著她的肩，林欣這才注意到，她身上殘留一股滄桑的菸草味。

雪兒的耳垂下方，水晶墜飾閃閃發亮，和靈動的眼交相輝映，耀眼透澈，是經過歷練後才打磨出的美。

她轉向林欣，給她過來人的忠告，「進來之後都還沒問呢，妳叫什麼？林欣，好。我說，林妹妹啊，他這種人是愛不得的。」

延江宇遠遠聽著，半笑半嗔地駁斥，「喂，別在這裡降我身價。」

雪兒沒理他，背對延江宇翻了個大白眼，又湊近林欣，附耳低語，「妳還年輕呢！怎麼知道妳是真的喜歡，還是只是追星？他技術好，如果只走腎那還可以，但如果是走心呢……」

她伸出食指，刷上美甲的暗紅指尖，抵在林欣心窩。

雪兒略微停頓，拋開對那狗男人的留戀，扯出一個瀟灑的笑，「聽姐姐的話，想讓延江宇愛妳，那是在作踐自己啊！」

雪兒離開後，他們也差不多收拾好教室。

過程中，有隻毛色黑底的白襪貓，看教室裡頭溫暖，閃電般從窗台溜了進去。

巫有津是貓派，馬上蹲下身朝牠勾勾手，試圖誘拐那隻闖入的小貓。

小貓不怕人，用鼻子點點他的手，卻不怎麼賞臉，嗅一下就轉頭。

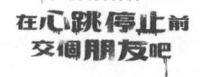

「嘖，我平常很有動物緣的說。」但顯然，貓大人的後宮佳麗不差他一人。

延江宇對動物沒感覺，他幾乎沒有會怕的物種，也不討厭看起來毛茸茸、療癒人心的貓狗。不過，他不像巫有津一樣，看見貓大人就趕上前請安。

白襪貓在教室裡繞了一圈，注意到蹲在角落的關依依。

牠輕手輕腳地走上前，在關依依身周蹭了兩圈。關依依的小手順勢摸過牠的背脊，拍拍兩下屁股。

小貓「喵」了一聲，儼然很滿意這個人形靠背，喬好位置後躺下。

關依依對貓咯咯笑，眼中流露寵溺，小聲地說：「貓咪怕人，不怕蘑菇。」

巫有津傻眼，這不公平，連貓都只愛妹子！

他不氣餒又湊上前，願意把自尊拿來給白襪貓墊腳。貓大人，您看這樣還舒服嗎？

在巫有津很沒尊嚴地討關注時，林欣縮在教室角落，一言不發，緊張地盯著手機。她的姿勢很詭異，手機拿得離自己遠遠遠，一臉想看又不敢看的樣子。

看她這副模樣，延江宇大概能猜出她在幹麼。雖然他認為林欣這麼做只是徒勞，倒也合她做什麼事都很努力的作風。

或許人天生會被自己缺失的特質吸引，但延江宇偏偏有點劣根性在，他覺得有意思的，也不一定會放在手中呵護。

林欣一下皺眉，一下抿嘴，表情百變得像在演戲。延江宇見狀一時起了玩心，他躡手躡腳地繞到她身後，沉浸在手機畫面中的林欣渾然未覺。

有張無人的搖椅在影片中輕輕搖晃，起初是小晃，後來越搖越快、越搖越快……

「哇！」一雙手，赫然搭上林欣雙肩。

「啊啊啊啊啊啊啊啊啊啊！」

林欣嚇得反射性甩出手機，幸好延江宇眼明手快，手臂往前一伸，Nice catch！

「你做什麼啦！」林欣心有餘悸。

饒是和善的林欣，也沒辦法在剛被嚇到之後維持矜持。她接過延江宇遞來的手機，滑掉影片。

她越來越摸不透這個人，平時理智自信，但發起瘋來就換了張臉，現在又有一點幼稚。

雖然這樣的延江宇變得比較容易親近，但林欣不免想起巫有津的話。

會不會，這也是他的演技？千千萬萬張面孔，皆只是眞實的側影。

「幫妳身歷其境？」延江宇完全不在意她那點小嗔怒，根本不痛不癢，「妳在練習看鬼片？用小螢幕哪有感覺，改天帶妳去電影院。」

林欣在拒絕和應好間徘徊，延江宇看著她多變的表情，覺得更有趣了。

「聽說看鬼片時，旁邊的人如果很鎮定就不會那麼可怕。」延江宇一臉體恤地說：「我從小就不太怕，看片都是聽別人叫。」

「不是吧？江宇，上次不是才說不拐善良學妹？還有，你不要忽然混入奇怪的話！」巫有津剛好聽到這句，「林欣，快點下船了。這艘只會風大雨大，前途無光。」

白襪貓已經離開，關依依看之後沒她的事，認爲沒留下的必要，便東西收收離開了。巫有津回頭看向還在場的王煬，「招生大成功，厲害吧！」

王煬有聽出話語中的炫耀成分，但還是彆扭地道了謝。

他若無其事地整理好書包，一腳踏離教室，揮揮手就要離開，「那我先回家吃飯，媽媽說今晚得早點回去——」

延江宇沒有那麼容易被打發，他拉住王煬，「慢著。心跳APP的事呢？別裝蒜，賣給誰了？」

公主大人被堵住去路，臉色一僵，跳針了好久，最後才吶吶開口：「煬煬那時候眞的很缺錢……房子快被抵押，學費還付不出來，我媽媽又生病，所以、所以才……」

「喂。」延江宇收起笑，本就清冷的音色，此時聽來更加不近人情，「你不要忽然打悲情牌。公主大人，又不是什麼反派洗白，我們沒時間聽你的故事。」

他再問：「所以，賣給誰了？」

他的眼神讓王煬有下跪求饒的衝動，巫有津忙打圓場，「江宇，你給他點空間。」

這是他們的慣用手法，讓延江宇扮黑臉，大部分人都會願意對巫有津這個溫暖小太陽坦白。說是手法，其實也是無形中配合而成的默契。

林欣也加入，她說起話來一片真心，「社長，這程式現在真的有問題，可能你當初也沒想到它會變這樣。你跟我們好好說，我們不會怪你。」

王煬視線不斷飄移，卻怎麼都找不到能從延江宇和巫有津面前溜走的縫隙，畢竟他有點大隻。眼下，他打也打不贏延江宇，跑又跑不過巫有津。

「我不知道你有什麼難言之隱。」看他這模樣，延江宇再補一句，「現在這程式每天都在害人，你今天不說，絕對走不出這間教室……我說到做到。」

王煬倒吸口氣，他再三掙扎，終於從口中小小聲吐出一個詞。

「……幫。」

延江宇離他最近，但還是沒聽清，「什麼？」

王煬的臉快貼到地上，重低音都要囁嚅成少女音，好在這回大夥終於能聽懂他含在口中的話。

「五鏈幫。」

巫有津反應過來，確認似地反問：「北部最大的那個黑道組織？」

王煬「嗯」了一聲，十隻手指頭攪在一起。

他表示當初把程式賣給五鏈幫時，就知道他們打算用這套系統做一些犯法的事，不然不會開出天價。雖然程式外觀有點可笑，但裡頭的資訊安全系統做得很好，多層防護，讓組織隨時能斷尾逃生，不怕警方追查。

王煬現在後悔莫及，「但煬煬當時眞的走投無路了……」

五鏈幫之所以叫「五鏈」，是因爲幫派的資金來源可分爲五大類，毒品、聲色、酒水、人力市場、承包工程，號稱每個類別都如長鏈般環環相扣。事業做到黑白兩界無人不知、無人不曉，灰色地帶的利益更是一把全吞。

王煬猜測，五鏈幫本來就想用心跳APP當媒介，找未成年幹傻事，做完再威脅利誘，逼對方簽下賣身契，順勢讓人一輩子都爛在黑幫裡賣命。

做這什麼鬼東西！巫有津雖然愛玩，但本質上是個正直的人，如果不是剛剛答應王煬不會動他，他現在可能會衝去揍他兩拳。

雖然沒有延江宇的頭腦，但巫有津依舊聽出了不對勁之處。他壓下怒氣，「就算是要誘拐未成年，黑幫又不是靈媒團體，這個APP也沒道理變成現在這樣。」

這次換王煬不明白，「什麼？現在怎樣？」

「我口中的『犯法』不是指性交易或毒品，是有人會因爲這程式莫名其妙死亡。」

原來他們兩方口中的「犯法」一直沒對上線。

王煬不想坦白的是黑道犯罪，但他們想追查的，是心跳APP被鬼附身後的解決之道。

巫有津想了想，「雖然和預想的不同，但總歸來說，下一步還是得從五鏈幫查起吧。」

他看向延江宇，「江宇，你覺得呢？還是小欣有想法？」

林欣搖搖頭，他們家雖然經營小廟，但不跟在地幫派掛鉤。

巫有津轉而想找延江宇討論，他喊上幾聲，又拍了下延江宇肩膀，卻得不到反應。神經大條如巫有津，都能從此刻的空氣中嗅出一點異樣。

延江宇低著頭，瀏海恰好遮住眼睛，讓人看不清他的表情。

半晌，他抬頭，「我不查了。」

聲音沙啞卻果決，延江宇態度明確，眼神冷若冰霜。

巫有津不夠聰明，讀不懂他眼中隱含了哪些情緒，只依稀看出是痛苦、絕望和所有反面情緒的總和，是延江宇最不想面對的瘡疤。

「我不碰跟五鏈幫有關的事。反正爛命一條，這鬼程式想要，就給它吧。」

延江宇擱下話，什麼也不願解釋，一把抓起背包就離開教室，動作快到巫有津來不及反應。

死亡威脅好不容易出現曙光，他們的軍師，卻已先行離場。

第四章　鬼可怕，還是人可怕？

「搞什麼啊？怎麼就這樣走了，喂！」

巫有津來不及攔下延江宇，朝他背影大喊，卻留不住人。

見他一分神，王煬就想趁機開溜。

巫有津眼尖，手臂向前一撈，勾住王煬的背包，把人拽回眼前，「話還沒問完，你這麼趕，是在趕著上路？事情是你惹出來的，坐好！」

他按住王煬，又看往延江宇離開的方向，嘴裡咕噥：「突然間發什麼神經？」

心裡放不下延江宇，但他又得先從王煬的口中撬出更多有關五鏈幫的線索，只好讓林欣去追人。

林欣點頭，馬上跑出教室。

要跟上延江宇不難，他沒有躲躲藏藏，只是走得很快。她追得氣喘吁吁。

林欣從延江宇身後一把抓住他的手，「學長，你先停一下！」

她聲音短促，呼吸還沒平復，卻急著想把話講完。

「我、我們好不容易才找到這條線索，怎麼能這樣放棄？雖然五鏈幫很大，但我們又沒有要掀翻整個組織。如果只是找出有關心跳APP的部分，那也不是完全沒機會……」

延江宇心想，林欣誤會大了。

他並不畏懼幫派，對他來說，比惡勢力更可怕的，是有著親人的家。

他付出一切，將良心挖空才逃離過往，他死都不想再回到那宛如惡夢的地方。

等林欣講完，延江宇點頭附和，「是有機會。所以，我說我不查，但我沒阻止你們。既然事情已經有眉目，那就可以繼續追下去。」

延江宇講得事不關己，「巫有津家裡有資源，祝你們好運。」

「不過，說到底……」他停頓片刻，垂眸看向林欣，「心跳APP最後有沒有解決都跟妳無關，不是嗎？連鬼片都不敢看，妳湊什麼熱鬧。」

聞言，林欣愣住。

他輕易甩開林欣的手，一看，發現她眼眶紅了一圈，他不過才講了幾句，所以他才說不喜歡小妹妹，聽點實話就覺得委屈，一點抗壓性都沒有。

他以爲林欣會知難而退，沒想到她只是眨了眨眼，將眼眶淚光眨乾，就抬手摸了摸後腦，尷尬一笑，「對啊，哈哈，我就眞的很膽小。巫學長只會嘻嘻哈哈，我又這副模樣，沒有延學長在，我們怎麼可能辦得到……」

延江宇在心裡嘆氣，再次認證林欣眞的是從天上下來的孩子。

「『只要想活，沒有辦不到的事。』我家從來沒教過我什麼好東西，就這句話最實在。」

林欣聽到關鍵字，藏不住詫異，還以爲延江宇又要發作。

延江宇實在很疲憊，他能繼續嘴壞，弄哭或氣走林欣。但傷到神明的小寶貝會被記恨，他身邊虎視眈眈的惡鬼夠多了，不需要連素昧平生的命緣娘娘都來陰他一把。

他現在只求林欣能讓他靜一靜，「不知道巫有津是怎麼跟你們說的，但我其實有家。可惜我跟公主大人不一樣，是個壞孩子，寧願露宿街頭也不想回去。」

他看著林欣，「小欣欣仙姑，我和妳也不一樣。不是每個人都那麼幸運，生來就能當命緣娘娘的寵兒。」

延江宇環顧四周，林欣自帶的十方清明，在他們倆之間形成分界。那條涇渭分明的線，延江宇一直看在眼裡。

他的身後，只有能窩藏惡鬼的黑。

林欣對此毫無所覺。她看不見命緣娘娘，不知神明會悲憫良善的種子，護她順風順水，安然一世。

高高在上的神明很公平，也很殘忍，祂從不看顧滿手血腥之人。延江宇越和林欣熟識，就越明白他們不是同路人。

他掩面長嘆，留下錯愕的林欣，轉身。

「解鈴還須繫鈴人……」

離開前，延江宇想起林春水送他的話。

他終於抑制不住，起初悶笑，後來大笑，笑到眼角泛紅。

延江宇有培育他融入黑幫的父親，求神失敗後暴斃的母親，但他當他們是垃圾，不是親人。

他唯一的親人早在幾年前就涼透，連屍骨都拿不回來，所以他才說自己沒有家人。

死者不能復生，現在還妄想解鈴，他只能下地獄和他親哥來場愛的相會了。

「他說他有家。」林欣非常執拗。

她已經鍥而不捨地重複這句話快半小時，「你再想想，真的沒看過有人來找他？哪怕長得不像也行？」她再問巫有津。

「真的沒印象。」巫有津覺得心累，這回答他答了十次。

看著不知放棄為何物的女孩，巫有津心裡暗嘆，延某人之前就不該這麼暖，長著一張禍水的臉，又身懷悲劇主角的氣質，完全害善心爆棚的小仙姑深陷泥沼而不自知。

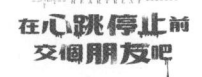

「他以前的事，我也不太清楚，問他也不會回。」

巫有津說：「我曾經因為好奇，有查他是瘋成怎樣才需要轉學。一查不得了，是重大刑案，沒有上報簡直是奇蹟。如果不是我家有點門路，根本摸不到半點消息。」

延江宇當年發瘋砍傷多位同學，有人至今昏迷未醒，更多的是半身不遂、斷手瞎眼。

他犯了重傷害的刑案，嗜血的媒體卻罕見地不報導，彷彿有雙無形的手暗中幫他將大事化小、小事化無。最後就以教化為主。

「依我多年的生存經驗，有些事還是不知道比較好。和他當朋友就很快樂，我看得出來他不會害我，就也不需要事事知根知底。」巫有津態度明確。

但林欣無法苟同，「他的心結一直卡著，你是他朋友，就沒有想陪他一起處理？」

巫有津表情怪異，「能幫的我都幫了，不然妳怎麼會在廟裡遇見他？他現在完全不想解決事情，我是要怎麼幫？太熱臉貼冷屁股了吧。」

林欣被他的話一堵，不知道該怎麼回，但她有著莫名其妙的執著，脾氣硬起來時跟牛一樣。

她從小在廟長大，看過很多向神求事的人。人的悲歡喜樂各不相同，有些傷痛能自己化消，有些坎卻難以獨自跨過。林欣雖然沒抓到當仙姑的要訣，仍努力學習，就是想和林春水一樣，可以拉人一把。

她看得出來延江宇是很細膩的人，不僅判讀微表情的能力極佳，也清楚最傷人的做法。

他逼走所有伸向自己的手，放任惡瘤長在心上，渾渾噩噩地生活。

如果事情能維持平衡就算了，畢竟這是延江宇的選擇。但現在有心跳APP這個催命符在，林欣無法放任他等死。

她環起雙手，對巫有津說：「學長是個好人，只是他會自己想太多，怕傷到別人才這麼難搞。我不想看他這樣。」她知道自己在生悶氣，

巫有津覺得這只是林欣的濾鏡，但又講不過她，聳聳肩，將視線放回電腦上，努力查找五鏈幫的資料。就算延江宇不幹，心跳APP還是有其他用戶，巫有津總得爲自己謀活路。

查到一半，巫有津預設的鬧鐘響了。

他拿起手機，「啊！四點了，今天有校內的浪浪認領大會，我答應好會去的。」他起身穿好外套，匆匆離開。

她目送巫有津離開，覺得他也是心滿大的人，死期持續倒數，居然還有心情關心貓狗。

她的視線重回筆電螢幕，繼續查資料。她查有關五鏈幫的資訊，查論壇上關於心跳APP的討論，還查當年被人掩蓋的重大刑案。消息零零落落，如果不是巫有津透露門道，根本無從查起。

資訊本來就少，假消息還充斥其中，林欣查了一個下午，毫無斬獲。正想放棄時，一個名字映入眼中。

這名字她不認識，姓氏卻有點眼熟——五鏈幫的其中一個副幫主，就是姓延。

咖啡廳內，延江宇有點後悔曾將自己常來的地方推薦給林欣，現在陰魂不散的，看來是不只心跳APP。

他左手摟著昨晚睡過的紅髮女人，才剛找好位置，一坐下，老早埋伏在店內的林欣，就像逮到逃家小孩的媽媽一樣走來，手上還拿著一大疊紙。

奇怪，她今天不是要考銷售管理關係嗎，怎麼會在這？延江宇閉起眼，太陽穴隱隱抽痛。

林欣沒在公共場合做出這麼顯眼的舉動過，她深吸好幾口氣，瞪了紅髮女人一眼，把資料扔到延江宇面前空桌，「我查到的資料。」

姿態像極了抓姦成功的正宮。

見狀，紅髮女人一臉莫名其妙，「哥哥，她誰呀？」她昨天明明確認過這男人是單身。

林欣完全沒有理會她，眼裡只有沉默不語的延江宇。

她一頁一頁翻過桌上紙張，「你說我跟心跳APP沒關係，但說到底，這也不是你一人的事。既然熟悉五鏈幫，那你好歹要為巫有津著想啊？又不是只有你會完蛋。」

修羅場遇多了，延江宇的表情管理能力極佳，說謊也不用打草稿。

他不露半點情緒，長指夾起那疊資料，動作慢條斯理，口中隨意安撫紅髮女人，「鄰居家的妹妹，拿作業來給我檢查呢。」

他揚起長眸，眼底笑意散漫，「眞乖。」

雖然兩人才認識一晚，但紅髮女人不想分享延江宇的笑容，一時嫉妒，湊上前看文件，結果眞的只看到報章和文字整理。

延江宇放下那疊紙，伸手把女人往自己胸膛按，阻止她亂瞄。

他後背靠上沙發，拉開和林欣的距離，雙眼卻緊盯著她。

「叫姐姐。」他說。

那雙鋒利眉眼彷彿彎刀，往林欣的心口狠狠刺入，讓紅髮女人的呵笑化作毒藥滲進傷縫。

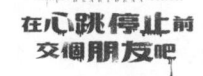

延江宇眞的很懂得怎樣傷人。

她明明該反擊，此刻卻連反擊的力氣都沒有，只能吶吶地喊：「姐姐好。」

他將林欣一瞬間流露的委屈和難受都納進眼底，遲了秒，才緩緩勾起唇角，似是沒想到她會這麼配合。

他哂笑一聲，站起身和依偎著他的女人說：「我先失陪。」

「我們才剛來，你要去哪？」女人伸手拉他，卻被甩開，「喂！你什麼意思！」

延江宇直面女人，俯視她精緻的妝容，笑意涼薄，不帶任何感情地說：「意思是，妳沒有炮友轉正的本錢。認清自己斤兩，等等甜點吃一吃，就回去了。」

林欣沒想到他會說得這麼直接，人還愣著，就被出現在眼前的長指抓回神。

延江宇朝她勾勾食指，「走了，妹妹。」

一走出咖啡廳，延江宇就把整疊資料扔回林欣手上。

林欣以爲他又要什麼都不說就離開，張開手，擋住他的去路，模樣有點滑稽。

「你到底爲什麼要這樣？」她生氣地說。不是氣延江宇傷了她，而是看不慣對方自暴自棄。

「就算家裡有狀況，也沒必要賠上命！有什麼問題就說啊！巫有津也很擔心你，但他知道你講不聽。你這樣要替你緊張的人們情何以堪？」

林欣一連串講了好多話，氣到胸口微微起伏，像隻爪子沒長齊卻想抓人的貓。

然而，延江宇不爲所動，語氣淡然地問：「妳知道我父親是誰了？」

林欣挺起平胸，對這題信心滿滿，「五鏈幫的延易，幫主左右手之一。」她可是蹺掉期中，埋頭猛查整晚。

延江宇被她的動作逗笑，「不是。那垃圾從小把我當狗養，連我都不知道親生父親是誰。」

他沒理會林欣錯愕的表情，「那我母親呢？妳知道她怎麼死的嗎？爲什麼明明別人求神是求平安，她卻倒在香爐前？」

「我……」林欣的聲音被質問壓過。

「延易爲什麼放他的獵犬在外面逍遙？我爲什麼會在眾目睽睽下犯案？爲什麼別人能聽著童話入眠，我卻得在晚上離開被窩？天上神明萬千，爲什麼連一點慈悲都不願意施捨給我？林欣，妳幫我問問命緣娘娘，我是活該嗎？」

才聽到一半，林欣的心就好痛。她願意多好幾個姐姐，也不想聽延江宇說這種話。

她以爲她已經準備得很充足，沒想到延江宇三言兩語就把她打回原形。

延江宇沒有遷怒，只是輕輕地說：「小欣，妳是查了資料，但並不了解我。」

他拿出手機，點開心跳**APP**。

週六和雪兒見面完成系統任務後，進入了新的配對週期。延江宇還沒選下個對象，今天剛好是最後一天。

他將畫面轉向林欣，一整排虛擬頭像，有些頭像上有著和繩圈圈一樣精采的眼妝，有些細細端詳才會察覺異樣，林欣越看，越能從中感受出恐怖谷理論的威力。

「或許冥冥中積的陰德有差，巫有津的配對對象比我正常。我和他說過，我會想解決這程式，是因爲他涉入其中。但目前看來，如果他不要犯蠢，也不是不能和APP共存。」

他有一下沒一下地點開頭像，「乂煞氣a紅衣乂」看起來是焦屍，「餵你喝水咕嚕嚕」像浮屍，更多奇奇怪怪的就不提了。

「配到鬼，根本不用想完成什麼小遊戲。」延江宇看向林欣，眸中沒有怨天尤人的情緒，只餘接受。

他忍不住自嘲，「這說不定是我的現世報。巫有津平時善事做了不少，他會沒事的。妳回去吧。」

延江宇都這麼說了，林欣能怎麼辦？

她半句話都應不上，只好回去跟林春水和命緣娘娘討拍。

「可惡！爲什麼會這樣！我甚至蹺課，做好會被當的打算去找他了啊啊啊！」

林欣在神壇前盤腿修練，頭一下一下撞著紅檜木桌。

林春水曾說，她要多和命緣娘娘相處，盤腿盤個十年半載，天上的美人娘娘才會注意到她這個醜小鴨。

林欣的鬼吼鬼叫吵醒午覺中的林春水，她拄著拐杖慢悠悠地走到正殿。

「小欣妳回來啦，啊是花生什麼事，叫成這樣？」

語落，她一抬頭便見林欣失神地把頭殼當木魚——阿娘喂，他們又不是佛教！她的寶貝怎麼下山幾天就中邪了！

林春水丟掉裝飾用的木拐杖，以年輕女生跑百米的速度衝去抱住林欣的頭。就已經不聰明了，怎麼還這樣亂敲！

「婆婆……」林欣在外還算堅強，一被林春水抱著就哇哇大哭，眼淚止都止不住，「山下的人怎麼都這樣，爲什麼會這樣、爲什麼……嗚、嗚嗚……」

林春水一下一下拍著林欣的背。她走過人世半生，見過不少緣起緣滅，布滿細紋的眼皮底下暗藏睿智，看遍聚散離別。

「小欣呀，人生本來就這樣。很多不美好、很多缺憾、很多惡意……但總有值得留戀的事。」

她摟緊林欣，「累了、受傷了，不妨休息一下。前路坎坷，可能只是妳還沒找到方向，只要勇敢走下去，沿途風景就都值得珍藏。」

但林欣不知道該怎麼做，她內心深處也認爲延江宇講得有道理。他們就是不一樣，就像參加飢餓三十，生活富足的人也永遠無法體會難民的痛。

林春水放任她把鼻涕抹在身上，聲音溫潤，「環境不是絕對，重要的是心。不過，感同身受人人都會說，做起來卻都半吊子。那孩子背景複雜，如果覺得從心開始太難，就去創造擁有同樣環境的機會。」

她摸摸林欣的頭，「不冒點險，怎麼算是走過一回人生？命緣娘娘會看著妳的。」

當晚，林欣腫著眼，想了好久，她是眞的很想幫延江宇。

可能因爲這是第一次有人告訴她「記得休息」，第一次有人邀她看電影院，第一次爲了某人而蹺課，第一次看到有人活得那麼痛苦，卻一聲不吭地藏起滿身傷疤，以笑意做僞裝。

林欣拿出手機，找到心跳APP的下載連結。

心跳APP現在在網路上傳得沸沸揚揚，下載連結隨便找都有，用戶巴不得找人使用自己的邀請碼。

她按下下載，發現自己的呼吸意外鎮定。

隨後，一行文字從螢幕跳出——

「歡迎來到心☆跳★APP！請輸入邀請碼。」

林欣依著記憶，一字一字打上亂碼似的英數混合，再三確認。

「A4XP5IRFSR。邀請碼已認證，歡迎使用！」

她從延江宇手機上偷偷記下這組邀請碼。那時林欣坐他旁邊瞄到，便不動聲色地輸到手機記事本中，並一直將此事放在心裡。

而在遙遠的另一端，延江宇一大清早就聽到心跳APP的提示音。

他拿起手機一看，怎麼會獲得時間暫停器？以爲眼花，他反射性揉揉眼睛，再細看，系統又提示——

「您邀請朋友『小欣欣仙姑』加入，是推廣心☆跳★APP的功臣之一！」

小、欣、欣、仙、姑？

延江宇一直以爲他沒什麼起床氣，但他現在發現，只要遇到的事夠糟心，誰都可能有起床氣。

他清醒後不動，床伴還以爲是某種暗示，鑽進被窩裡要送他一份清晨大禮。延江宇一把按住她，「別鬧，今天沒空。」

「天都還沒亮，外頭冷颼颼的呢。」看男人昨晚反應，她想她應該不差吧？

「昨天扔了隻野貓，她現在在跟我一哭二鬧三上吊。」延江宇隨意說說，沒注意到

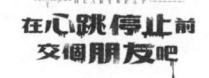

床伴悚然的表情。

他接著說：「趁外面還冷，我去收屍。起來，送妳回家了。」

床伴很禮貌地拒絕了，表示回家事小，收屍要緊。延江宇倒樂得輕鬆。

他拿起能正常使用的另一台手機，發出一則訊息，約林欣下午在咖啡廳見。

▯

延江宇點了兩杯飲料，熱可可給自己，無糖冰咖啡放著等林欣到。

林欣一進門注意到桌上飲料，瞪了他一眼，這小肚雞腸的男人，擺明就是故意的！明明知道她不喜歡吃苦，還點無糖咖啡。甚至還沒有去冰，她被外面的風吹到發抖，還沒杯熱飲可以暖手。

但她哭腫的眼還沒消，就算努力瞪人，看起來也毫無殺傷力。

她坐下後，延江宇也不拐彎抹角，「我早上收到程式發送的道具了。該不會是腦袋進水妳才沒去考期中？誰讓妳這樣自作多情？」

林欣既然下定決心送出邀請碼，就不會再因爲延江宇的冷言冷語而受到打擊。她不甘示弱，「我要自作多情，難道還需要你同意？」

林欣決定下載**APP**並送出邀請碼，是想著時間暫停器可以自由選擇啟用時間，哪天有需要，可以替延江宇多爭取點時間。

延江宇簡直要被她失敗的僞裝給氣笑，她說話時尾音甚至在發抖。

「不愧是救苦救難的仙姑啊。」他搖頭，不解她何必爲了他趕著見閻王？

然而，木已成舟，一載下這程式就沒有回頭路，延江宇也只是念了幾句。

他嘆了口氣，朝林欣伸出手，「手機借我看一下。」

林欣遞過手機，下一步該怎麼做、要怎麼找上五鏈幫，她和巫有津就算找了幾天幾夜的資料也毫無頭緒。

延江宇接下，不經意瞄到林欣的個人簡介——黑長直、白皙、愛吃甜食、大學生……嗯，還算正常。

不過接下來的「家裡開廟，歡迎參拜」是怎麼回事？末端還附上詳細地址和前往方式。命緣娘娘大顯神通的事蹟條條在列，篇幅占八成，像爲了賺香油錢而不擇手段的廟方人員。

延江宇可以篤定林欣打很久，但說不定是種意料外的避邪良方？

「果然是命緣娘娘的小仙姑，新手運就是不一樣。」

延江宇退出自我介紹頁面，看了一會。手機平放在桌面，螢幕轉向林欣，「就這兩個別點。其他看起來都差不多，妳隨便選吧。」

林欣接回手機，「這麼簡單？」

她以爲還需要再多研究一下，沒想到延江宇很快就把手機還她了。

延江宇解釋，「我曾和巫有津討論，綜合出幾項鬼魂通用的介紹模板，看起來像程式自動生成。」

他接著說：「妳拿好牌，遊戲玩起來就簡單。拖點時間，等到最後期限再選人。」

延江宇就是開局即死的臭手，但他沒有多談，「我說了，五鏈幫的事我不碰，就算妳趕來送頭也不會改變我的想法。你們兩個不要亂點到鬼，就可以平平安安。」

林欣抗議，「你這什麼鴕鳥心態？我們好不容易從王煬那裡問出程式負責人可能的藏身之處，你就不能幫一下？」

「不幫。」

林欣咬牙，「還是你提供我們資料就好，看有沒有什麼內線消息。」

「我已經離開一段時間了，裡面的人現在都不熟。」

「不然……」林欣低頭，瞥向乾扁的錢包，使出最後絕招，「你稍微幫我們，我請你吃炸雞！」

延江宇失笑，他能理解爲什麼命緣娘娘會喜歡林欣，這個活寶眞的很逗。

「這招巫有津教妳的？在他那是吃燒肉，怎麼到妳這就縮水成炸雞？」先不論幫不幫，這工資縮減讓延江宇想吐槽。

他拉回正題，「說不幫就是眞的不幫，別再想了。」

「可惡！」林欣溝通失敗，一拍桌，端起面前那杯滿滿的冰咖啡。

延江宇心中警鈴大響，他曾被潑婦灑過飲料，看見林欣的動作，半站起身，隨時準備好要躲，氣氛一時劍拔弩張。

「你眞的很難搞！」失控的林欣將冰咖啡嘩啦啦全倒進對面喝一半的熱可可裡。

「想救你命，你不願意幫忙。飲料不幫我點熱的，咖啡還不加糖！不要喝啊，都不要啊！」

小仙姑沒做過什麼壞事，今天終於體會到鬧事的樂趣。她一邊罵一邊笑，「氣死我了！哈哈，幸好我昨晚有先請示過命緣娘娘，祂說我今天諸事不順，我就有先做好心理準備知道會衰……」

延江宇無言以對。修練失敗，最終走火入魔了嗎？可憐的孩子。

店員遠遠的用眼神關心他們這一桌，延江宇坐下，朝店員比了個手勢，示意「沒事」。

雖然獻祭半杯熱可可有點浪費，不過林欣的心情如果能因此好轉，他想那也是划得來。

他以爲林欣發洩完，他就可以回家等死，沒想到忽然看到巫有律的訊息。

綠油精：「江宇救我……」

綠油精：「我手機裡的鬼話講不停，夭壽可怕，怎麼辦？」

林欣發完瘋，意識到差不多該重拾端莊形象，一抬頭便看見延江宇眉頭深鎖，她驚覺狀況不對，連忙開口關心情況。

「巫有津選到鬼。明明我幫他看過配對人選，講好哪些不能點。」

延江宇嘆氣。這個天兵，到底是怎麼出包的？他連想當隻鴕鳥都不行，馬上就有人把他的頭從沙子裡硬拔出來。

巫有津傳訊息給延江宇時，手抖個不停，他也不知道事情會變成這樣。

傻人有傻福，他運氣向來很好，連程式列給他的配對人選都是人多鬼少，照理說，他不會配到鬼。

那天參加完浪浪認養大會，巫有津本來打算離開學校後要選下個配對對象，沒想到一拿出手機，他已經是配對好的狀態。

對方的虛擬頭像，是個臉從中間裂一半的姑娘。她膚色偏黑，瞳孔縮成一小點，眼球被死灰覆蓋，驚悚程度和巫毒娃娃有得拼。

一看到「配對成功」四個大字，巫有津的腦袋瞬間空白，手指不斷來回點選畫面。沒辦法重選、沒辦法改人，遇到鬼，幾乎是板上釘釘的事。

不過巫有津還是抱著最後一點希望，開啟聊天室，試圖跟對方打招呼。

綠油精：「嗨！」

來一刻：〔傳送語音訊息〕

來一刻？是刻什麼，應該不是人體雕像吧？光看對方暱稱巫有津就覺得不妙，他吞了吞口水，點開來一刻傳來的語音訊息。

風聲蕭蕭，音檔裡充滿雜訊，他聽不清楚，試著把聲音孔靠近耳朵，依舊什麼都沒聽到。像是錄壞的長音檔，除了讓人毛骨悚然，沒有其他內容。

他有點不知所措，這樣一來，別說是完成見面小遊戲，連要和對方溝通交流、討論見面位置都很難。

巫有津想了想，決定至少約好會面地點，總比什麼都不知道強。

於是他硬著頭皮輸入幾個字，想請來一刻說點話。但他還沒發出訊息，對方又傳來另一則語音訊息。

對方的語音音量都很小，巫有津下意識把手機拿近耳朵。

高亢到不屬於人類的聲音從音孔爆出。

「嘻嘻嘻嘻嘻嘻嘻嘻嘻嘻嘻嘻嘻嘻嘻嘻嘻嘻嘻——」

巫有津嚇了一大跳，「靠北！」

快瘋了，到底是在哪配到這鬼東西！巫有津思來想去，猜測可能是在浪浪認養大會時，手機放口袋不小心壓到。他欲哭無淚，做了數小時的動物志工，怎麼好心沒好報？

這之後，來一刻以某種固定的頻率，不斷傳來語音訊息，但巫有津都不敢再點開。之前延江宇說他撞鬼，巫有津雖然覺得可怕，但訝異的感受還是壓過了恐懼。一來延江宇說得平淡，二來巫有津也不認爲自己會那麼衰。實際遇到，他的腦袋一片空白。

他破罐破摔地窩進棉被，強迫自己放棄思考，不要慌到自亂陣腳，卻連做夢都會夢到那尖銳笑聲。

他掙扎了一整天，實在不知道該怎麼辦，只好從溫暖的床上爬起，點開手機向延江宇求救。

傳完訊息，他看到延江宇迅速已讀，回問他：「你在家？我去找你。」

巫有津感動到快哭了，不枉費花錢養延江宇這麼多年，還有養出點良心。

巫有津對鬼沒轍，在延江宇現身前，他唯一能做的事，就是在房間裡焦慮踱步。

他一度從抽屜裡拿出信紙，思考是不是該寫遺書給家人。但他在桌前坐了三分鐘，發現沒什麼好說的，他和家人不親，維持著各過各的提款關係。

比起留話給家人……巫有津解鎖手機，打開通訊軟體，發現幾則未回訊息。

他點開一個頭像是紅蘑菇的聊天室。

在戀愛學分研習社的活動上，因爲白襪貓，他注意到關依依很受動物歡迎。後來，他參加社團舉辦的浪浪認養大會時，意外地碰見她，兩人個性契合，從那時起就有一句沒一句地聊了起來。

關依依說，她在人群中會很不自在，比起做人，她更喜歡當顆安靜的蘑菇。她可以做動物的知心朋友，但融入不了人。人們明明身體構造如此相似，卻會隔出異類，關依依總覺得自己離別人的心好遠。

巫有津向來屬於班級核心人物，但他能理解關依依的意思。

他家採放任式教育，平時也不太理睬他，雖不至於形同陌路，不過就有種隔閡感。延江宇是他認識最久的朋友，但知根知底不是他的作風，畢竟延江宇也不愛談過去。

巫有津有時會想，他是不是誰都沒有好好了解過？

死到臨頭，他內心焦慮慌張，才發現一堆酒肉朋友都派不上用場。他現在會想留話的人，除了延江宇，就只剩關依依了。

螢幕上的畫面停留在關依依傳來的訊息，巫有津這兩天都荒廢在棉被裡自己嚇自己，還沒有回她。

他沉澱心情，點進聊天室。

關依依問他要不要一起去看看校貓。校貓以前是流浪貓，後來被畢業的浪浪社社長領養，偶爾會帶牠回學校和在校生互動。

看貓耶，簡直大四無趣生活的一大療癒。

巫有津很想去，奈何現在命在旦夕，怎麼還能讓人有不必要的期待？他又不是延江宇，渣得渾然天成。

綠油精：「妳先去，哈哈，我之後可能不太方便，眞抱歉。」

他原先只留了這句，後來想想，覺得應該要再多留點話。

綠油精：「小蘑菇，能説服那麼多人認養，妳其實超會説話的嘛！」

綠油精：「我這幾天遇到了點麻煩，不一定能繼續留在浪浪社。先説好，如果以後我不在的話，三花跟阿草就交給妳嘍:)」

巫有津傳完這兩句話，門鈴就響了。他快速滑掉聊天室，來不及發現對方秒讀。

他開門，原以爲只有延江宇會來，沒想到林欣也在。

看他一臉憔悴、魂不守舍，延江宇蹙眉，「你振作一點。把自己搞得這麼虛弱，要怎麼從鬼的手中活下來？」

「對對對，至少你肯說！這樣我還能回去問婆婆，看命緣娘娘能不能庇護你。」林欣連忙幫腔，延江宇聽了覺得林欣根本在譙他，但小仙姑本人沒什麼自覺。

巫有津硬擠出一個笑容，領兩人入內，和他們說了事情始末。

在延江宇聽來，巫有津的行爲簡直跟大考畫錯答案卷一樣，在一試定生死的考卷上眼瞎塗錯格。

他點進來一刻的聊天室，把聲音調到最小，一則一則聽過對方傳來的語音訊息。

林欣聽力好，在旁邊默默挺著腰桿發抖，見狀，延江宇請強作鎮定的她離遠一點，別再製造更多恐慌。

音檔大多是意義不明的雜訊，少數幾則夾雜讓人不安的詭異笑聲。

聽下來，唯獨其中一則音檔，隱約聽得出人聲。

高頻雜音讓延江宇有些煩躁，他重播語音訊息，這次終於聽清——

「你找不到我。」

延江宇放下手機，面無表情地宣判，「沒救，人家不想見你。」

巫有津一聽，整個人像株枯萎的草，癱軟在地。

林欣還在為自己加油打氣，口中不斷喃喃「不要怕」，鼓起精神說：「我回去找婆婆幫忙！她這麼行，一定有什麼好辦法。我死線前再回來！」

說完，她便抓起背包，趕著出門，延江宇抓住她，往她手心塞了張鈔票。交通費不便宜，他在咖啡廳時，不小心瞄到林欣乾扁的錢包，知道她窮到快吃土。

「那……現在要怎麼辦？」

小仙姑走後，巫有津眼巴巴地看向延江宇。

「交代遺言。看人生還有沒有什麼想做的，約炮、刺青、吸毒……隨便。」

「你人生想做的事怎麼都這麼糟糕？」

「我只是提供選項。」延江宇冷眼瞧他，「後面兩項都沒做過。」

他接著說：「多想無益。就算嚇死自己，鬼也不會對你留情，還不如即時享樂。」

延江宇想了下，「我回家拿幾件盥洗衣物，這幾天陪你住在這。既然見不到來一刻，那到時會出現的應該不是這個冤魂，而是心跳APP背後負責處決的角色。如果你死不出門，對方有可能會直接找來。」他推測著。

如果只對付來一刻，延江宇或許還能擋一擋，但如果來索命的是心跳APP背後的主使者，那他完全沒把握。

能操縱這麼大型的鬧鬼程式，主宰心跳APP的惡鬼，肯定不是一般怨魂，實力莫測。

延江宇回到家，想從衣櫃裡隨便挑幾套衣服。

翻翻找找間，一些信從櫃子邊緣掉了出來，散在地上。

高中轉學後，延江宇就定期到精神科就診，差不多也是從那時，他每隔幾個週就會收到信，信中內容大同小異。

這些信沒有寄件人地址，但他知道，這是從五鏈幫寄來的——延易寄的信。

最後一次來信時間間隔有點長，大概是兩個多月前。

延江宇彎腰，隨意拾起一封散落在地的信，翻開。

「江宇啊，你哥留給你的東西，眞的不要了？巫家小兒子一條狗命，又沒人疼，連家裡都放棄的人，有江傾最後想和你說的話重要嗎？」

信裡每句話都讓他噁心，但延江宇還是捨不得扔，只因延易說，這些信都是過了撒有他哥骨灰的香爐才寄出的。

延江宇蓋起信，把散落的信紙一一收整，忽然覺得有些好笑。

當初，他教巫有津怎麼用麻繩勒綁自己，心中還眞的抱持著一點齷齪的期待，希望對方失手。

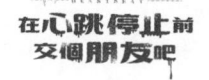

只要拿繩的人狠下心，手勁大點，一個不小心，他就不用再煩惱這些事了。

但後來想想，這樣巫有津太可憐，他那軟心腸會一輩子受罪。

他收好信，停止無謂的思考，打包完衣物，啟程前往巫有津的家。

▣

時間過得很快，轉眼就到了死亡倒數的最後一天。

巫有津在這期間，上網買了雜七雜八的鎮煞符，二十四小時保證到貨，把房間布置得跟關押邪靈的禁地一樣。

延江宇掃過一眼，無情宣告，「這些符全都假的，沒用。」

他陪巫有津坐在房間中央，面前的避邪香氛，有種廉價的廁所香精味。

「巫有津。」延江宇看著燭芯緩緩燒融，忽然開口：「如果等等真的沒辦法的話，你要不要讓我下手？我動作很快，不會痛很久。」

聞言，巫有津愣住。

這兩天延江宇都在跟他幹話，可是這次，他在延江宇望向火光的眼中，看不見半點笑意。

他抑制住恐懼，認真地回：「不要。你身上罪名夠多了，不需要再多殺一個人。」

延江宇低聲笑了起來，巫有津待他如此，他怎能順著那垃圾的威脅動手？他轉學過去的第一天，就收到巫有津送的巧克力冰沙。那一刻起，延易信中的要求就注定被他屏棄。哪怕曾經有過動搖，那丁點的殺意，都會在片刻之後就煙消雲散。

因為巫有津是這麼好的人啊。

倒數最後十分鐘，林欣全副武裝衝了進來。

她手上拿滿不知名的法器，懷抱一罐硃砂粉，一進房就對著空中狂撒，害巫有津連打噴嚏。

「我來遲了，這次一定沒問題！」林欣手上還在忙，沒注意到地上情形，一腳踢倒香氛蠟燭，「嗷！這什麼東西！」

幸虧延江宇反應快，即時壓上一本書來滅火，以免鬼還沒找來，他們先死於火災。

一片混亂之中，時間到了。

「我剛開開玩笑，你不會有事的。」

最後一刻，延江宇彎起一雙如月眉眼，沉穩地說：「我在呢。」

巫有津看著他的側臉，腦中想起林欣曾說「延江宇是個好人」。只是，命運並不善待他，他也對自己太殘忍。他讓自己遍體鱗傷，只為了守住想保護的人。

時間一到，心跳APP分秒不差地響起警告，和急駛而來的救護車聲有幾分相似。

巫有津摀住耳朵，神經緊繃到最高點。

他們不用火燭了，打開日光燈。然而，室內燈光沒有熄滅，警告聲一直響、一直響，刺耳噪音彷彿能影響空間，讓影子蒙上一絲森冷氣息。

三分鐘過去，什麼事都沒發生。

神經被高頻的聲音刺激到疲乏，延江宇一把拉開房內保險箱，把手機扔了進去。提示音變成悶響，像被摀住嘴的女人在尖叫。

巫有津渾身肌肉繃緊，輕聲喃喃：「怎麼感覺沒東西……」

他以爲時間一到，這房間就會化爲鬼片場景，頭上燈光開始一明一滅地閃，最後牆角會衝出一張鬼臉，把交友失敗的他咬得面目全非。

但是，現在這樣，也沒有比較好。

看不見的、不知意外何時會發生的壓力持續累積，心跳APP背後的主使者還沒出現，延江宇卻感覺專注度已消耗大半。

林欣最先承受不住，她佯裝鎮定地大笑，「哈哈！之前聽你們講得多厲害，結果也只會亂響而已嘛。肯定是命緣娘娘賜我的吉粉鎮住他了！」

她抱起剩下半罐的硃砂粉，打開蓋子一倒，紅粉全撒在了保險箱上。

「這樣就沒問——」林欣話還沒說完，延江宇長腿一掃，害得她屁股往後坐，跌了一跤。

「唉唷！」被隊友背刺的林欣摸摸尾椎，甚至忘記要緊張，疼得大罵：「本仙姑在施法，你是在做什麼！」

延江宇手指她身後白牆，「別鬧，妳惹惱他了。到一邊去。」

林欣停頓一下，順著延江宇骨節分明的指尖看去……

「哈哈哈、哈，別、您別生氣，小的錯了……」她扶著屁股，慢慢往反方向退。

保險箱後方的牆面上，出現了一道深長爪痕。

那是厚厚實實的水泥牆，沒有偷工減料，代表著那不是正常人會有的力量。

如果剛剛林欣慢一步倒下，那道利爪就會抓過她的頸動脈。

「我、我看看、看看……這間房是不是風水不好？不然，我們先去隔壁避難？」林欣心有餘悸，連話都說不好。

警告聲還在響，林欣按下門把，「喀」一聲，門把聞風不動。

「打、打不開？」她臉色刷白，用力再按一次，徒勞無功。

「哈哈，一定是巫學長不小心反鎖了吧！我找找鑰匙，再把地上的粉掃一掃啊。別生氣、您別生氣，小欣最會掃地板了，餐廳老闆都叫我留下掃地還不給加班費，嗚嗚……」林欣精神瀕臨斷線，一下哭一下笑。

延江宇默默看向她。沒有期待，沒有傷害，幸好他原先就沒有把天真的仙姑算作戰力。

黑影的速度太快，他才剛反應過來有異狀，黑影一下就竄到林欣身邊，他從沒遇過動作敏捷至此的冤魂。

常人看不見鬼，所以下載心跳APP後發生的憾事會被說成意外，其實車禍、跳樓、從樓梯跌倒……都是被這些鬼陰了一把。

黑影神出鬼沒，行動速度極快，這樣下去只會成爲甕中之鱉。

延江宇叫林欣躲去角落，握好從廟裡拿的法器，別擋到路。心跳APP的目標不是她，如果不是因爲亂撒硃砂粉被盯上，林欣的處境沒有巫有津危險。

「該來的躲不掉。」延江宇說：「妳顧好自己。」

林欣雖然怕，但她不服氣，「什麼顧好我自己，我、我可是這裡最有對付鬼魂手段的人！」

她從包包裡翻出符咒，一二三四五，總共五張黃符。她一邊發抖，一邊把符咒貼在三人腳邊圍成一圈。

「這是結界符，婆婆跟我說……」林欣一邊貼，小腦袋瓜一邊努力思考該怎麼辦。

延江宇根本沒在聽，換作他是鬼，才不會讓林欣把結界符貼完，又不是演電影，主角說話時，反派都會被定身。

果然，林欣結界符還沒貼完，「啪」的一聲，日光燈滅了。

要糟。延江宇內心暗叫，接著手中一空，原先還抓著的巫有津也消失了。

他眨眼，聽到林欣哀號手電筒打不開，急忙在黑暗中大喊：「巫有津，你在哪！」

沒有回應。

太黑了，伸手不見五指。現在這空間，像被扔進一顆與世隔絕的方塊裡，連月光都透不進。

延江宇知道，另個世界的存在要干涉現世會受到諸多限制，比如繩圈圈只能攻擊看得見她的人，而心跳APP，沒完成程式要求才會被索命。

延江宇原本想抓好時機替巫有津挨刀，算是還了多年飯錢，但他猜，心跳APP若沒殺死巫有津，大概不會作罷，即便他替巫有津擋一刀，也只是誤殺一個人，巫有津還是得死。

所以，延江宇真正的打算，是想藉由讓自己受致命傷，引出當時殺死繩圈圈的存在——對延江宇異常執著的「靈體」。

「他」雖然無法影響活人，但不會讓延江宇被其他鬼魂殺死。

沒想到，心跳APP的執行方式，會讓延江宇毫無還手之力。

繩圈圈的能耐甚至不及這程式的萬分之一，這人生前到底經歷了什麼，死後怨念才如此可怕？

遲遲沒收到巫有津的回應，延江宇心下一橫，抓起口袋中的小刀，打算藉由自傷，賭一把讓「他」出現的機會。

然而，刀子還沒劃下去，黑暗中就傳來林欣的聲音。

「終於！」

手電筒霎時點亮，林欣站在結界中，死命抱住巫有津的腰，彷彿在跟看不見的力量拔河。

「你快過來，我要撐不住了！」

巫有津渾身癱軟，腦袋輕輕垂落，已然失去意識。

「你快呀，爲什麼愣著？」看延江宇站定不動，林欣又大喊：「快過來！這結界能大幅削弱對方的力量。被拖出結界的話，我們不可能有機會的！」

林欣看不到無形的存在，所以不知道延江宇在盯什麼。

延江宇是第一次看到這種東西——黑影纏住巫有津，他終於得以看清對方的形貌。

這是什麼？他還來不及思考，身體就已做出動作。

延江宇衝上前，扯開纏繞住巫有津脖子的長條型黑影，對方摸起來冰冰涼涼，像是自深海而生的觸手。

黑影被延江宇一碰，溜回了牆角暗影中。受制於結界，黑影速度減緩，力氣也被大打折扣。

延江宇順著黑影縮回的方向看，一隻眼狠狠瞪著他，瞳孔細長如神祕且見不著裡的縫。

對峙的力量驟減，林欣忘記收力，抱著巫有津往後跌坐。

她因贏下拔河而開心，「哦？哦！好耶！」

下一秒，她撐在地上的手不小心移到符咒，結界瞬間出現裂痕。

悲劇都是這樣發生的，就算開頭氣氛歡樂，一切看似都在往好的方向發展，跌落谷底也只是一瞬間的事。

延江宇幾乎能聽到黑影興奮的歡呼，他最後來得及做的，就只有擋在黑影攻擊的路徑上，替昏迷在地的巫有津爭取時間。

黑影速度快，然而延江宇的突然殺出，使黑影來不及改道。

鬼魂近身是一瞬間的事，延江宇心口一疼，感覺有根銳利的尖刺貫穿胸腔。痛覺鮮明且眞實，他低頭一看，皮囊完好無損，這時，他不由自主地痙攣下跪。

熟悉的壓迫感再次出現於身後，延江宇雖然痛，還是忍不住勾起嘴角——「他」出現了。

被鬼影貫穿胸口，延江宇不覺得自己的還有救，但沒關係，「他」如果出現，代表巫有津有機會活下來，這樣已經足夠。

延江宇抬頭，想再看信任他多年的朋友最後一眼，卻只看到黑影扭曲變形。

他難掩訝異，在漸漸暗下的視線中，黑影開裂一分爲二。

原來對方形狀怪異，是因爲掌管心跳APP的冤鬼，根本不是單一個體。

「他」就算再有能耐，要同時應付多隻怨魂，也是分身乏術，更何況，巫有津的死活才不在關心範圍內。

林欣衝過來，努力想讓延江宇保持意識，但延江宇已經聽不清她在說什麼了。

他看見巫有津口袋裡有道光閃爍，黑影緩慢纏上他的腳踝、小腿、腰腹……

延江宇側躺在地，無能爲力。

臨死前，他在心中低聲道歉。

他害死哥哥，現在還救不了唯一的朋友，眞的一無是處。

對不起。

對不起。

對不起……

第五章 陷入死寂的基地

「哥，他手上的糖聽說是限量的，我想吃。」

「好。」

「哥，好冷。棉被不暖，我想跟你一起睡。」

「好。」

「哥，你多陪陪我，爲什麼總要半夜出門？」

「我晚上工作，你早上醒來才能看到我。」

「但這樣就沒人念故事給我聽了。我想離開這裡，我們逃出去好不好？」

「……好。」

延江宇永遠後悔他問出那句蠢話。

延江傾那麼聰明，就不該答應他。

延江宇是被夢嚇醒的。

他又夢到轉學前犯的那場重大刑案，一張張不熟悉的臉孔跪在他面前，怎麼求饒都無法停止他揮舞手上的刀。

和現實不同的是，夢裡的人就算變得支離破碎也不會死。他們成了血肉模糊的殘骸，肉塊在地上蠕動，數量越來越多。

尖叫聲不絕於耳，延江宇感覺他像站在殷紅的蛞蝓池中，一腳踩下就能奪走數條性命。

「我沒有殺人。」他胡亂驅趕著肉塊，口中喃喃：「我沒有……」

在他腳邊，零散的肉沫如蟲子般聚攏，堆疊出一張巨型大嘴。惡臭的液體從那張嘴流出，好幾道聲音混雜在一塊。

「我兒子一輩子都不會動了，你要怎麼負責？」

「我女兒想當畫家的，她現在瞎了，你要怎麼負責！」

「人模人樣，都能考上第一志願，還裝什麼精神病？」

「我沒有殺你們的小孩，我沒有！」

延江宇不斷把吸附上身的肉塊剝下，眼底的愧疚比驚恐還要多上許多，一雙迷人長睫罕見地蒙上茫然。

「我沒有惡意。我只是想要離開，和我哥一起……」他說到一半，動作僵住，漸漸放棄抵抗，釋然般主動坦露脆弱的頸部。

「我只是想要離開那不幸的地方而已。我能怎麼辦呢？」

延江宇輕笑，將頭微微後仰，「不然你們殺了我吧。」

等這場漫長的惡夢醒來，他是不是就能和延江傾一起逃離黑幫的掌控了？

事與願違，當在夢中被分屍的延江宇疲憊地睜眼時，他心心念念的哥哥是半點影子都沒有，只有位馬尾歪一邊的小毛頭，坐在床邊打盹。

延江宇看向天花板，這潔白的、飄散消毒水氣味的地方，絕對是醫院無誤。

他靜靜消化意識斷線前發生的事，也太神奇，他居然沒死？當眞禍害遺千年。

雖然心中覺得巫有津是凶多吉少，但延江宇一清醒，最想問的還是他的狀況。

「林——咳、咳咳！」

他想叫醒林欣，一開口，就因爲太久沒講話而嗆到。

林欣在淺眠狀態，被他鬧出的動靜驚醒。

她看到延江宇睜眼還以爲是看錯，確定他是眞的醒來了，她壓抑已久的情緒瞬間潰堤，哭著趴到他的棉被上。

「一整晚都沒動靜，還以爲你要死翹翹了……」她哭得一把鼻涕一把眼淚，林春水說一直哭會帶衰，所以延江宇醒來前她都不敢掉眼淚。

「雪兒姐姐沒說錯，只要弄一弄你，馬上就會醒！學長……啊，我先幫你倒杯水！」

林欣終於發現他需要水，延江宇好不容易清醒，卻差點要咳死。

一潤好喉，他馬上問：「巫有津最後怎麼了？」

「我在這啊？」

聽到聲音延江宇迅速轉頭，巫有津正拉開他隔壁床的簾子，一樣身穿病人服。

「小欣說我躺一、兩小時就醒了。不像你，昏了快一天。」

巫有津手上還吊著點滴，他慢悠悠地走近，眼裡藏不住擔憂，「她說你咳出好多血，但就是檢查不出異狀。日光燈一熄，我就失去記憶了。你現在有哪裡不舒服嗎？」

延江宇細細感受著自己的狀態，除了皮肉傷，似乎一切安好，「沒有。」

他闔眼，後背靠上床板。

延江宇知道，心跳APP背後冤魂的力量深不可測，他們還能活著，是對方手下留情了。當時情況神仙難救，他預想沒有人能活著離開那間臥室。

他想不透，最後究竟發生什麼事，讓對方決定收手？

難道和「他」的出手有關？延江宇卻覺這可能性不大。他雖沒和保護他的靈體有過正面交談，但是，對方眞實身分，他其實心裡早就有底。

他不覺得，那靈體的行爲可以影響到心跳APP背後的力量。

延江宇陷入沉思，而一旁的巫有津沒興趣深究來龍去脈，「幸好大家都沒事。江宇，這次眞的很謝謝你……」

「對呀，如果你不在場，我們大概都完了。」林欣也說。

延江宇搖搖頭，他其實沒幫上忙，關鍵不在他，程式收手原因不明。

好不容易撿回一條命的是延江宇，林欣看起來卻比本人還高興。

他回想林欣剛剛說的話，慢了拍才意識到好像混進一個不該出現的名字，「小欣，妳剛說雪兒教妳什麼？」

「哦！我問雪兒姐姐，你一直不醒的話怎麼辦。」林欣解釋。她和雪兒後來成了好朋友。

「她說，學長喜歡掌握主導權，弄一弄你就會醒了。」

林欣沒意識到成人世界的言外之意，但延江宇不同，他一聽到，入喉的水一時吞不下去，像意外嚥了口魚刺，差點嗆死。

他鐵著臉，「所以……妳弄了什麼？」

林欣視線飄移，手摸著後腦，開始尬笑。

延江宇決定，等他傷好能下床，就要把雪兒種進土裡。

紙終究包不住火，林欣看事情瞞不住了，撇開紅通通的臉，伸手掀開蓋住延江宇下身的棉被，露出纏滿繃帶的雙腳。

延江宇低頭一看，這都什麼跟什麼？他陷入沉默。

巫有津站在旁邊，從剛剛就一直在憋笑，這一刻終於忍不住發出鵝叫。

「我想說，癢癢的可能會刺激神經？」林欣想原地挖洞鑽進去，可是延江宇的眼神讓她動都不敢動。

「所以我拿了麥克筆在白繃帶上畫畫？哈哈，我畫了向日葵喔！應該、應該還看得出來是朵花……」林欣越說越小聲，病房裡剩下巫有津猖狂的笑聲。

延江宇閉上眼，深吸深吐，說服自己冷靜、冷靜。

他交代林欣，等等繃帶他自己能拆，不用找護士。

「啊！雪兒姐姐還跟我說，學長愛喝這個！」林欣以為會被罵，煮了甜湯要賠罪。

她揚起大大的笑容，把一碗黏黏糊糊，漂浮著幾顆白色團狀物的褐色液體端到延江宇面前。

熱湯甜膩，香味在病房散開。

那碗湯看起來……委婉地說，和巫婆湯沒兩樣。延江宇不確定他現在的表情是不是有點扭曲，「這是什麼？」

「巧克力湯圓啊？」林欣有點困惑，「雪兒姐姐跟我說，你很愛吃巧克力湯圓。」

延江宇盯著那碗甜湯，暗想他明明沒說過，他喜歡熱可可沒錯，但對湯圓興趣普通，更遑論這種口味奇特的湯圓。不過，如果是從雪兒那裡聽來的話……

延江宇嘴角抽搐，他能肯定是雪兒在報復。他下定決心，之後一定要找她談談，請她不要亂教小孩。

他婉拒那碗湯，「這太甜，我現在是病患，不適合喝。雪兒也是一本正經說幹話的類型，妳別太認眞。」

「好吧。」林欣有點失落，隨即打起精神，「那等學長身體好了，我再來煮！」

是也不必。延江宇心裡抗拒，但看林欣興高采烈地規畫煮湯大計，他沒把想法表現出來，免得潑她冷水。

他們聊天聊到一半，病房門口傳來敲門聲，林欣走去開門。

不念舊仇的王煬提著水果籃，步伐優雅，碩大的身軀擠過病房門，「小欣和我說你們受傷，煬煬特地來看你們！」

「其實沒來也沒關係。」這是冷淡的延江宇。

「但我沒有很喜歡吃水果耶？」這是挑食的巫有津。

「你們這些不懂得感恩的人……」王煬重重放下水果籃，自以爲大肚地嘆氣，「算了算了。煬煬看在你們還沒養好身體，不跟你們計較。」

看在那籃水果的分上，延江宇給王煬面子，不提他就算掛病還是能打贏他的事。

王煬送完禮卻遲遲沒有離開，在病房裡扭捏打轉。延江宇看出他不是單純來探病，要他有事快說沒事快滾，不要拖拖拉拉。

「今天來這一趟，是要說一件關於心跳APP的事。」王煬不敢看兩位傷患，「這程式現在會變這樣，煬煬也是沒想到，抱歉害你們受傷。我後來跟小欣借手機來看，發現多了很多新功能，都是後來額外補上的程式碼。」

王煬接著說：「所以，除非APP會自動更新，不然現在一定還有人在維護程式。」

他講完就走了，留下三人在病房內面面相覷。

一陣沉默，巫有津率先開口：「那現在要去哪找維護的人？」

「五鏈幫吧。」延江宇說。

「我們有查出關鍵地點，可是沒有指紋辨識，連大門都進不去。」林欣補充追查進度，用期盼的眼神看向唯一有機會突破門禁的人。

延江宇闔上眼，他真的很不想再回去那地方。一見到熟悉場景，他就會想起過去和延江傾相處的種種，並更深刻地意識到，他哥是被他害死的。

他也怕自己太過思念，會一時鬼迷心竅，答應延易信中的要求。

當年，延易聽到他們想離開組織，故意派了很難的任務給延江傾，說只要他能順利完成，就可以帶著弟弟遠走高飛。

延江傾明知是陷阱，卻還是爲了渺茫的希望，義無反顧地跳進深淵。這種墜崖式的自殺任務沒有奇蹟，甚至，延江宇連哥哥的屍骨都拿不回來。蠢死了，延江宇心想，他哥一世英名，就毀在這種愚蠢的決定上。

延江宇沒有接林欣的話，卻也沒有像之前一樣馬上回絕。

心跳APP這回饒了他們，但下回還願不願意網開一面，必須打個大問號。

延江宇認爲他這條命是撿來的，死了沒關係，但林欣和巫有津不該命喪於此。原以爲只要在配對時用點技巧，就能和APP共存，但經過這次的意外，他不得不拔出埋在沙裡的鴕鳥頭——和程式共存，根本是天方夜譚。

此時，病房的門被拉開，打斷了他的思緒。

訪客沒有敲門，是眼神賊亮的關依依。

她懷中抱著用白布蓋起的籃子，迅速躲進病房，反手關門，戒備地從門上玻璃觀察外面，活像預謀犯案的炸彈客。

確認外面沒人追來，她才吐出口氣，回頭向房內三人綻開笑容。

關依依掀開懷中白布，笑容眞切，「醫院不能帶動物，害我躲半天！」

三隻小貓從籃中一個個如小蘿蔔般探頭，最後那隻還輕輕「喵」了一聲。

巫有津雙眼放光，心簡直要被萌到融化……貓咪一定會痛痛飛走的魔法，他現在活力滿滿，身上疼痛散去大半。

「這三隻小咪明天就要被領養走了，都超乖的，我帶牠們來探病。」

關依依堅持自己在照顧動物時是個人，因爲蘑菇做不出洗狗、餵貓這些動作，人設很穩。

巫有津受不了貓大人的誘惑，即便手腳還在疼，仍扶著點滴架前去討好。

肉體上的痛不及心靈慰藉，小貓蹭他兩下，巫有津就心悅誠服了。但他畢竟還是有傷在身，見他渾身是瘀青，關依依讓他回床上休息。

「你說你遇到點小麻煩，就是指這個嗎？」關依依手順著其中一隻幼貓的背，轉頭看向情況淒慘的延江宇，「你們一起遇到麻煩？」

「呃……不是。準確來說，是只有我遇到麻煩……」

巫有津沒跟關依依說過有關心跳APP的事，他們跟王煬討論時，她也幾乎不在場。這詭異的詛咒多說無益，巫有津不想讓她擔心。

「江宇是被我連累的。」巫有津說。

「這樣嗎？」關依依轉頭看延江宇，隨後用手背半掩著嘴，咯咯笑了起來，「誰叫你要阻撓蘑菇繁殖，報應啦。呵呵。」

她幸災樂禍地笑，還戳了戳延江宇右腳，「再亂踢啊。再欺負蘑菇，下次就讓你跌斷腿！」

這是還在記仇他迎新時掃她一腳，害她跌得狗吃屎？延江宇無奈到懶得吐槽，眞心不懂關依依的腦迴路。

關依依趁延江宇還沒什麼力氣爬起來修理她，嘲諷一波。又回到巫有津床邊，「那你現在麻煩遇完了，要一起來餵貓了嗎？」

巫有津不知道該怎麼解釋他的處境，「也不算處理完，之後還會有……」

「怎麼會有處理不完的麻煩？」關依依面露疑惑，「你的麻煩是雨後土裡冒出的蘑菇，還是學妹洗不完的澡？」

最後，巫有津拒絕不了，還是給出了幾個空檔。

這時，籃裡的小貓們開始哭餓，關依依安撫牠們一陣，確認走廊上沒有護士醫生，就帶著三隻貓咪溜回去了。

「依依很少用人的狀態在說話，我好像是第一次看她這麼正常。」林欣有感而發。

巫有津和人或蘑菇都能順暢溝通，沒什麼感覺。畢竟貓大人更難伺候。

現在，閒雜人等都已離開，他們繼續被打斷的話題。

延江宇閉目長嘆，終於讓步，「我會幫助你們進到幫派內部，但是有條件。第一，進到組織據點後要聽我的話行動。第二，我會盡量避免和裡面的人接觸，如果到時無法安靜潛入，就必須離開。」

巫有津反問：「你說，去人家老巢，然後不接觸裡面的人？這怎麼可能？」

「不想引起動靜而已。下手快一點，弄昏碰見的人就行。」延江宇說得直白：「我不會讓他們有機會抓我去見延易。在那種環境，如果我失控，只會變成你們的負擔。」

延江宇沒想多談個人情緒，事到如今，後悔都是多餘的。瘡疤爛在心裡就好，硬要揭給人看，就只是在博取同情。他認爲他完全是咎由自取，不需要別人同情。

他停頓一會，視線望向窗外，思緒回到很久以前，「我的親哥……」

他不帶情感地陳述，「我哥是被我害死的。我當年砍傷那些高官的小孩，半是聽命延易，半是爲了一己之私。撇去話術不提，延易是個守信的人。他答應我，只要名單上的人都有處理到，他就放我自由。」

他頓了會，「這是我和他的第一個約定。我接受並且做了，他就眞的讓我離開。」

五鏈幫背景牽涉黑白兩道，當年他的案件像一粒石子入池，只在校內激起一陣短暫漣漪，相關輿論便隨即遭人控制，再無後續。

一般來說，爲避免被脫離幫派的人反咬，幫派不會輕易地放人離開，但延江宇是例外。延易太了解他，深知他不會惹事，單純想遠走高飛而已。

林欣難得聽出言外之意，「你說『第一個約定』，所以還有其他的？」

「第二個約定，我和延易沒有正面談過。這幾年來，他每隔一段時間就會寄信給我。他告訴我，我哥死前有留話，音檔和骨灰都在他手上。」

他轉過頭，那晦暗不明的視線，輕巧、精準地落在巫有津身上。剎那，病房裡的氣溫似乎降了幾度。

巫有津背頸發涼，在這凝視之下，他心生無來由的恐懼。

「延易要我拿你的命，換我哥最後留給我的東西。」延江宇直言。

「但我拒絕了。」不待巫有津反應，他便斂下眼，「不是因爲你是我朋友，那時我才剛轉學，根本不知道你是誰。我拒絕，是因爲我不殺人，延易故意在踩我底線。」

他頓了頓，「那垃圾也只是在玩我。你的死活對他而言並不重要。巫家確實擋五鏈幫財路，但關鍵不在你，說難聽點，就算你眞的被挾持，你家也不會妥協。」

這是事實，巫有津明白，但心口仍湧上一股酸澀。他想開口，卻吐不出半個詞。

林欣察覺氣氛不太對，連忙接下這令人窒息的空檔，「那也、也沒關係嘛！家人又不是可以選擇的。我出生就被家人丟在廟前，是婆婆好心養大我。」

林欣露出一個尷尬的笑容，「聽說當時還是冬天，差點凍死，哈哈。不知道我現在那麼怕冷，是不是兒時創傷？」

林欣沒說過這件事，還以爲她家是隔代教養，沒想到林春水和她沒有血緣關係。

林欣緩和氛圍的意圖十分失敗，病房內更安靜了。

好荒謬，現在這間病房是怎樣，比慘三人組嗎？延江宇忍不住發出悶笑。

都說現實比故事離奇，而他們亂七八糟的人生，根本就是場超現實的悲劇，被林欣一鬧，再慘的事，似乎也都不那麼嚴重了。

延江宇定下一個能去五鏈幫的日子，在此之前，他們需要好好養傷。

以防之後發生意外，延江宇也拿了條麻繩給林欣。

他朝巫有津招招手，「我傷得比較重，不方便動作。你教一下她？」

見狀，林欣表情扭曲，抗拒不已，明明只是條麻繩，活像接下了可怕的刑具。

一看到延江宇拿出麻繩，巫有津就在想，他平時到底放了多少繩子在背包？勒死人也只要一條，其他條平時到底是幹麼用的？

說要休養，其實延江宇也只在醫院多躺一天，就說要辦出院。

以前傷勢更重，他也沒住院。醫院病床太軟，他睡不習慣。

對此，巫有津評價，「你是老人嗎？」

延江宇微笑以答：「抱歉，小時候都躺水泥地。」

他回到空空蕩蕩的家，單人套房內，日用品寥寥無幾。

過去延江宇時常換地方住，久了，就知道大部分的東西都沒有留的必要。

這簡便的習慣，一直持續至今。

屋內沒什麼裝飾，只有個放在床頭的相框，是廉價的塑膠款式，但延江宇捨不得換。

他拿起相框，指尖拂去灰塵，最後停在那張和自己相似的臉上。

撇去每一段時間就會寄來的信，延江宇已經七年沒和五鏈幫聯絡了。執行延易的要求後，他雖如願和五鏈幫斷聯，精神狀態卻開始出問題，還連帶有了一雙陰陽眼。看來人腦眞的是牽一髮動全身，他爲了脫離幫派賠上腦袋，現在是不是快整組壞光光了？

幾天後，他就要再回到那惡夢般的地方，說不緊張，那是不可能的。

延江宇好希望有人能拍拍他的背，盲目地說「一切都會變好」，像以前一樣。

但是，他早脫離了可以做夢的年紀。會爲他在籠中念故事的人不在了，他不該再抱持著天眞的幻想。

再說，延江傾才色兼具，每晚困在床邊念智障童話，根本是暴殄天物。他希望他哥趕快去投胎，下輩子生在好人家，不要再留戀這糟糕透頂的一生。

今晚最好也不要給他來個夢中顯靈，他會揍他一拳，吼他「快走」。

延江宇凝視微微泛黃的相片，兄弟倆的笑容凍結在那一刻。他喃喃：「至今無法讓你善終入土，你會怪我嗎？」

延江宇還記得，那晚的空氣異常潮溼，星輝黯淡，月光落不到地面。

「晚安。」

延江傾有雙溫柔的眼，他臨走前，在弟弟額上落下一吻。在之後的無數夜晚，延江宇給枕邊女伴的吻，都只是當初這濃烈愛意的皮。

「今天的床邊故事是，天亮之後，王子就能離開黑森林了。」

延江宇當時明明醒著卻閉眼裝睡，沒有伸手留住他。

他現在總會想，種種苦難都是他自私心態的報應。

隔天，他們三人在約定的地點碰面。

延江宇帶他們走暗道，途中還從牆間密縫摸出一把槍。

雖然有武器，但他也提醒大家，若不幸撞見人先逃再說，槍只是以備不時之需。

在行動前，他和林欣、巫有津「稍微」對練過幾回。

他一邊訓練，一邊搖頭嘆氣，依目前的能力來看，若他們遇上五鏈幫的人，八成會被轟成蜂窩。

可憐的兩人反駁，「我們是學生，又不是攻堅小組，不會打架很合理啊！」

然而，到達機房前要過三道內門，延江宇怎麼想都覺得帶著他們進到內部，機率十分渺茫，可林欣不願讓他單獨行動。於是他花上幾晚，硬著頭皮擬了潛入策略，規畫出最有機會避開耳目的路線。

他之所以熟悉地形，是因爲他過去還算得上是延易疼愛的棋子，只有受寵的養子們，才能冠上和延易相同的姓，其他人是沒有名字的。

獨特的待遇也體現在延易對他後續的「關照」上，他就是想玩弄延江宇，換作其他人，延易可能還懶得扣下一罈骨灰這麼久。

一路上靜到不合常理，半句人聲都沒有。

他們放輕腳步走著，聽力好的林欣豎起耳朵，只聽到彼此漸次沉重的呼吸。

延江宇一瞬間有種錯覺，彷彿誤入異次元長廊，四周破敗死寂，任何活物進到這裡，都會被不明存在啃噬成一具白骨。

「你……確定是這裡？」林欣有點抖。

「確定。」延江宇也有些疑惑，但他不可能記錯，「或許他們今天有事，需要大量人手。」雖然這假設的機率很低，但也不是沒可能。

不過，延江宇有另一種比較糟的設想——他們被埋伏了。可他一路上都沒放鬆警戒，就算有陷阱，也不至於渾然未覺。

面前就是通往機房的第一道門，他停在門前，壓低音量，「不太對，自己注意點。」延江宇回頭看，身後兩人緊張地點頭。

他深吸一口氣，開始解內門密碼鎖。

在這幽靜的地方，解鎖聲格外刺耳。

喀——密碼輸入後，內門解鎖，開出一條縫。

站在最前頭的延江宇躲在門後掩護自身，見機迅速推入。

預期的槍聲沒有響起，一切超乎預期的順利——密碼沒換，內門無人看守，似乎連伏擊都沒有。

密碼是一樣的，這延江宇還能理解，或許延易一直在等他回來，但完全無人看守，延江宇就不明白了。難道今天真是什麼好日子，他走狗屎運，幫裡的人剛好都不在？

「眞的沒、沒沒沒走錯路？」林欣越看越覺得這裡有鬼，話都說不好。

「這邊只有一條路，怎麼有辦法走錯？」

延江宇確認裡面沒有威脅，推開內門。裡頭配置和當年一樣，只是白牆更加斑駁。這裡是地下，空氣中霉味四溢，腐敗的氣息揮散不去。

巫有津跟在延江宇身後，他皺了皺鼻子，在延江宇耳邊說：「江宇，我不確定是不是錯覺，總感覺這裡好像——」

延江宇打斷他，「我也聞到了。」

雖然氣味很淡，但內門一打開，一股宛如浸泡數種腐爛肉類的下水溝味傳出。這種成群老鼠死亡才會散發的惡臭，連延江宇都覺得噁心。

他的眼神沉了下來，「這裡有屍體。」

一般而言，有死人，就會有鬼魂。但延江宇什麼都沒看見，前方走道空空蕩蕩，沒有半縷魂體。

做鬼後的正常流程是再次投胎，不過有時也會發生意外，繩圈圈就是個例子。鬼死則魂飛魄散，是眞正意義上的不留半點痕跡。

林欣摸摸脖子上掛著的靈體探測環，「這裡應該是安全的，鐵環沒反應。」

延江宇沒有回應。他確認四周無人，繼續往裡前進。

第二道門開，臭味撲鼻而來。

林欣見到門後景象，倒抽一大口氣，迅速躲到延江宇身後。

巫有津原先還想忍，但撐不了幾秒便手摀住嘴，扶著牆開始吐。

延江宇皺眉，對他擺了擺手，「去遠點，這裡氣味夠不好了。」

這裡有人，但都已經身亡，屍體倒在走廊兩側，身體腐敗得慘不忍睹，隱約還有小蟲在往肉裡鑽。

他們看起來年紀都在二十上下，無神的雙眼圓睜，齊齊看向天花板，像在生前最後一刻看見了令人極度恐懼的事物。

林欣就算曾和林春水一起處理邪教場地，也不曾見到這種慘狀。

延江宇馬上明白，這基地在他們來之前，就已淪爲死地。

注意到其中幾個屍體旁有遺落的手機，他讓林欣和巫有津在門等，自己前去看。

早該失去電力的螢幕上，顯示著相同畫面——一張雙眼打叉的人臉。

遠看會感覺像是有人惡意把表情符號貼到手機螢幕上，但仔細看就會發現，它是顯示在螢幕裡。

除了表情符號，上頭還有個紅綠邊框在閃爍，裡頭寫著「You Die」。

延江宇不作他想，「是心跳APP下的手。他不只殺了人，連魂魄也不放過。這地方大概沒有活人了，你們待在這，等我一下。」

廊道無人駐守，雖少去了被手槍射殺的風險，但他心中的不安感卻沒減輕，彷彿有塊沉甸甸的重石壓在胸口，他無法忽視這種感覺。

如果基地的人都已死亡，那心跳APP現在是誰在維護？

延江宇不相信延易會無聲無息地死在這，活要見人，死要見屍，都已經走到這裡，怎樣都要去機房看看。

延江宇忍住反胃的衝動，越過成排屍體，開了最後一道內門，停在機房門前。

機房裡靜悄悄的，他低頭一看，外頭門把加裝了一道簡易鎖，密碼寫在便條紙上，大剌剌地貼在門外，完全不怕人看。

這鎖在防止裡面什麼東西跑出來嗎？

延江宇注視著機房的門，門縫後方並沒有散出詭異黑氣，他也沒看見奇怪的靈體。目前看來，他猜測裡面關的多半是活物，不然機房四周應該會多貼幾道符。

走廊上的屍體已經死一段時間，這東西被關這麼久，不是瘋了，就是死了。

延江宇做好準備，指關節輕敲兩下房門，然後迅速退開。

沒有瘋狂的吼叫，也沒有撞門聲響。

「救、救命……誰、開開門……」

等了幾秒，延江宇聽見微弱的人聲，他差點做不出反應。門內的人聲他從小聽到大。

他猶豫一陣，最終還是選擇開門。

一開門，他便舉起剛剛摸來的槍，漆黑的槍口對準門後人頭，「棕狗。不要動，轉過去。跟我解釋這裡發生什麼事，別耍小聰明，有異狀我會立刻宰了你。」

「你……江宇？」那人眼底寫滿訝異，但還是聽話地動作。

「居然是你……」礙於威脅，棕狗轉身面牆，認命地將雙手背在腦後。

機房裡，屎尿氣味交雜，只有被喚作棕狗的男人孤身在此。他消瘦無比，皮膚蒼白到病態，像是已經很久沒曬過太陽。

「你爲什麼現在回來？」棕狗哼氣，似乎還想說些什麼，最後卻只嘆了口氣。

「我們這個分部已經毀了，你也不用再回來找罪受。雖然沒人敢在延爺面前講，但其實大家看你離開還是挺高興的。」

棕狗感嘆地低語，「你現在是幫裡眞正自由的人了，這得多難啊！」

棕狗是延易用來培育「幼犬」的負責人之一，延江宇以前沒少被他修理過。

他不願和棕狗廢話，更沒心情和他話家常，「外頭的人都死了，是怎麼回事？」

聞言，棕狗皮包骨的身軀微微一震，顯然並不知道這消息。他口中低聲呢喃：「就知道、我就知道！我早說那程式有問題，這下可好，鬧出大事了……」

打從幫內從王煬手中購得心跳APP，棕狗就感覺不太對勁。他體質敏感，雖不到能看見鬼魂的地步，但直覺向來準確。

他提醒過延易，這程式用不得，結果被整蠱的人嘲笑。

被笑也就罷了，棕狗還被鎖進機房關禁閉。延易扔了一個多月分量的水和乾糧給他，要他好好跟主機們相處，就會明白區區一款軟體，根本不足為懼。

結果，一個月過去了，沒人放他出來。

棕狗知道，他們幾乎都有下載那款程式。

在機房裡，他分不清晝夜，只記得有一天門外哀號異常刺耳。

那種無處可逃的絕望感只持續短短幾分鐘，在他聽來，卻像延續了幾世紀之久，是場難以擺脫的惡夢。

對棕狗流露的恐懼，延江宇沒有回應，直問：「那延易呢？我在外頭沒看見他。」

「延爺在關我進來時，有抱走一台主機。現在應該……待在老地方？」

棕狗用下巴示意櫃上一個空位，「就那空格，後續我也不清楚。」

「我關門後十分鐘再出來。早一分鐘踏出這裡，我會直接開槍。」聽完棕狗的自述，延江宇跟他沒什麼好再多聊的，倒退著離開機房。

闔上門前，他淡淡留下一句，「你也自由了。」

延江宇和兩人會面時，沒提遇到棕狗的事，只輕描淡寫地帶過機房狀況，「延易不在這裡，最重要的那台主機被搬走了。」

「那現在怎麼辦？」林欣問。

延江宇思索一會，給了個讓人意外的答案，「我要去找延易。」

他們一行人回到地面，延江宇伸手招了台計程車，「他現在身邊大概沒什麼能用的人，我剛確認過屍體，幾個親信都死了。我要趁這機會，拿回他該給我的東西。」

巫有津問：「那我們呢？」

「這是我和他的私事。」車子停下，延江宇開了後座門一腳跨入，正要關上車門。

巫有津手腳俐落，在他關門前硬是擠上車，「那怎麼行！」

「說好要解決APP的事，怎麼現在又變你的私事了？」林欣更絕，直接打開前座車門坐進副駕，還和司機伯伯點頭問好。

延江宇說不過他們，報了個地址，讓司機出發。

▤

計程車開往郊區，來到了一個杳無人煙的地方。

這裡只有一棟近海別墅，延易的養子們幾乎都來過這間屋子。

延江宇在這裡煮過晚餐、看過晚間新聞，也威脅過延易綁回來的人。這裡宛若一處絕佳的私刑場，白浪滔滔，海會蓋過人的雜音，怎麼哀號都不會有人發現。

延江宇下車後，觀察屋子四周，確定除了延易，沒有其他道上兄弟。看來心跳APP確實重創了延易在五鏈幫內的勢力，就算他要扶植新人，也需要一點時間。

來的路上，延江宇想過是不是該找個延易不在的時候，偷偷潛入。但延易性格多疑，延江傾的東西，他八成不會收在這棟屋子，畢竟延江宇也知道這個地點。

想要拿回遺物，只能和延易正面交談。

趁著延易身旁無人，現在是最適合拿回延江傾遺物的時機。

別墅的窗戶都是防彈材質，破壞窗戶潛入並不實際。不過延江宇有在這裡生活過，如果沒有換門鎖，他應該打得開一樓大門。

只是，就這樣走入虎口，怎麼想都不太妥當。但延江宇也沒有其他辦法了，他只能賭，賭這一刻是這隻老虎難得虛弱的時候。

一如他的預期，門鎖確實沒換。電子鎖一解，他一腳踹開大門，槍口直指屋內唯一一人——害他深陷泥沼，他七年來連一面都不願見的父親。

室內是樓中樓的設計，延易站在階梯，正要上樓，聽到動靜，他轉頭看向大門。

他面黃肌瘦，完全失去昔日身爲副幫主的風采，很顯然，這段時間他過得並不好。

一見到延江宇，延易眼中的詫異一閃而過，他咧開嘴，近乎瘋狂地大笑。

他無懼於槍的威脅，張開雙臂，迎接這位難得的訪客。

「我的兒子啊，歡迎回家！」

第六章　我不能單純喜歡你嗎？

「閉嘴。」

延江宇雙手持槍，薄唇抿成一線，姿態戒備，「別讓我噁心。兩件事，第一，我要拿回我哥的東西。第二，心跳APP的伺服器是不是在你這？現在是誰在維護？」

「什麼APP？」延易聽了，眼珠子微微上瞟，陷入思考。

一生都在為非作歹，他很難記清每件事情。他的指尖，一下、一下敲響樓梯扶手，像在努力回憶。

末了，他噙起一抹笑，低啞地說：「啊，你說那個，讓我淪落至此的邪門東西！」

延易有雙灰濁的眼，混沌的色澤如泥沼，讓踏入其中的人沉淪下陷，不得翻身。

「原來它叫心跳APP。誰會記得那鬼程式叫什麼名字？」

他毫不掩飾惡意，嗤笑一聲，「怎麼，我的好兒子也去玩交友軟體？」

他問完，假惺惺地說：「可惜，那個APP在幾個月前就被盜了。就算父親現在想救你，也是無能為力啊！」語氣流露一絲憐惜。

近年來，延易病魔纏身，費心累積的權力與名聲又被心跳APP一夕搞垮。他想，如果不能在生命結束前，將這份痛苦與憤怒延續給他人，那就太對不起他一生陰狠險惡的評價了。

延江宇實在很不想和延易對話，對方的一舉一動、細微的表情和譏諷，都讓他煩躁無比。

他十分清楚，眼前這個人就算已經油盡燈枯，仍會折磨自己到最後一刻。

「江宇，我收留、拉拔你長大，你卻恩將仇報……」

延易搖搖頭，語氣同情，「會遇上這種事，都是報應啊！」

情緒勒索，延江宇早聽多了。比起延易的酸言酸語，他更在乎他透露的訊息。

「我會不會有報應，不需要你多嘴。你說，APP被盜走了？怎麼可能？」

他有想過延易不會無條件說出伺服器位置，也想過心跳APP可能已演變出自動更新功能。萬萬沒有想到，有人能從延易手中偷走東西。

「就是被盜了。唉，現在的小朋友可真厲害，帳號能盜、個資能盜，連伺服器管理權限都能劫奪一空！果然時代在走，我若不思進取，是會被汰換的啊。」

「你沒想過反追蹤？」

延江宇不敢相信，延易何許人也，怎麼可能就這樣罷休，「如果被盜，你幹麼還搬走機器？」

延易詭異一笑，眼角皺紋加深，手指客廳角落，「你說那台？當初搬來時管理權限還在我這，現在是個空殼子，沒用了。反追蹤我也試過，動員五鏈幫一堆人力，還追不到一個盜走程式的人。」

他咳上幾聲，沙啞地說：「想想也是。人要追鬼，比不上鬼殺人的速度。」

他拿出手機，點開幫內重要幹部的聯繫群組，「幸好我聽棕狗支支吾吾有多留點心，沒去載這軟體。我一察覺不對，就把程式擴散出去了。不知道其他分部現在過得怎麼樣？兄弟們都下地獄的話，我心情好時會替他們上炷香的。」

延江宇內心唾棄，這垃圾嘲笑棕狗，把他反鎖在機房，結果自己居然沒下載程式！

「不過，江宇啊。比起聊這軟體，我們還是談談另一件事吧。」

延易步步進逼，延江宇往他腳邊開了一槍，完全沒有威嚇效果。

他停在離延江宇三步遠的位置，瞇起眼，細細端詳他的臉，料定延江宇不會眞的動手，延易故意往他痛楚踩，「你跟江傾眞的好像。」

延江宇早該摸透延易這些讓人分心的伎倆了，可是當他聽到「江傾」，即便已經過去好幾年，他的心依舊會痛。

他越想忘記他哥，他的身體和記憶就越唱反調。延江宇內心暗罵，媽的，跟膝跳反應一樣，避都避不掉。

延易看出他的分心，「差只差在，江傾那孩子，絕對不會拿槍指著我。」

話一落，他抓準延江宇閃神的瞬間，老朽身軀爆發出驚人的移動速度。

延江宇連開好幾槍皆落空，只見延易撲身躲在木櫃後頭，再出現時，手上也握了把已經上膛的槍。

然而，延易手中黑槍，目標不是對著延江宇。

槍口瞄準的，是另一隻不知死活的羔羊。

延易沒想到，居然能在這裡看見巫家小兒子！這完全是意外之喜。

方才，他一發現有道人影鬼鬼祟祟在門邊徘徊，就故意提起延江傾，以分散延江宇的注意力，製造可趁之機。

「眞有趣，你跟江傾剛好互補，他只敢拿槍對別人，你只敢拿槍對我！」延易咧開嘴，血裡的殘暴與瘋狂表露無遺，「父親這幾年來，一直在期待你這不肖子回來啊！」

延江宇「嘖」了聲，他剛剛就應該不管三七二十一，先在這垃圾身上打出幾個洞再來談。

「都不要動。」延易警告想偷挪腳步的巫有津，「叔叔現在是在跟你們玩一二三木頭人。誰動了，誰當鬼。」

延江宇明明事先有提醒兩人，除了他自己，誰都別進這棟別墅。

事到如今，糾結巫有津爲什麼不聽勸已沒有意義，他努力穩住槍，定定看向延易，「你想怎樣？」

「現在不是我怎樣，是你們忽然衝進來，強闖民宅啊！各位小朋友。」延易換上溫柔的表情，放鬆語氣，裝模作樣地回：「既然來了，又怎麼能讓你們輕易離開？」

「江宇，還記得我的提議嗎？」

「忘了。」

「嗯……記性這麼差？不過幾個禮拜沒寄信給你。」

延易也不想管延江宇是真忘還假忘，他夠有耐心，能再次提醒，「殺掉巫家小兒子，我就把東西給你。」

衰老的延易，一雙鷹眼仍舊銳利。他將手指搭上扳機，瞬間就能擊發，「時間過得可真快啊。江宇，你離開這麼久，也不會回來看看我。」

他接著說：「高中畢業的成年禮，父親一直沒機會送你。你大概很久沒拿槍了吧？以前練的都白費了啊……如果現在實際來一場，你的手感還剩多少？」

延易一生經歷大風大浪，每天刀口舔血，殺人也不會有心理負擔。

「我們各開一槍，你有把握在我打中他之前，先打中我嗎？」他說得輕鬆，像是在問孩子明天考試有沒有信心。

延江宇沒有應聲，卻下意識將槍握得更緊。

他的槍法都是和面前這人學的，對靶滿分，對人一團糟，除非延易蒙著眼射擊，不然他的勝算趨近於零。

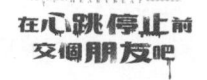

「父親最後幫你一把。你捨不得殺他，就由我替你動手。」他毫無波瀾地開口：「我倒數三秒。」

延易不是虛張聲勢的人，他說會開槍，今日就是濺血才得罷休，延江宇若要阻止，只能比他更早動作。

延江宇自知沒有失手機會，在偏僻的海邊被子彈打穿，等救護車飆來，血也流得差不多了。

而他一失手，就會換延易補槍。

延易沒有漏掉延江宇細微的表情變化，他享受對方的掙扎，以上位者的姿態給予教誨，「江宇，你心太軟。這個世界，你不殺掉敵人，就只能被人不斷掠奪！」

語畢，延易開始倒數。

他乾扁的聲音在延江宇耳裡聽來震耳如沉鐘。

「三！」

但延江宇真的很不想殺人，犯罪是一回事，有些線，跨過了就再也回不去。

「二！」

難道他真如夢裡的指控一般，注定只能當個殺人犯？

「一！」

好吧。

「江宇，你真讓我失望。」延易緩緩勾起嘴角。

槍聲響起，砰！

子彈急速射出，巫有津渾身僵硬，陡然閉眼。他怕得要死，但即使到了最後一刻，他也沒有催促延江宇開槍。

他以為，延易射出的子彈會貫穿自己胸口，然而，方才那一槍是延江宇出的手——在延易逼迫下，延江宇終究還是打破了不殺人的原則。

只是，那顆子彈落空了。

延江宇再久沒碰槍，也不至於在這麼近的距離下，連個站定的人都射不到。是延易在最後一刻被外力拉離，他才會失手。

延易倒在地上掙扎，雙眼上翻，猛拍脖子。

「來幫我！快點！」

林欣腎上腺素激增，心臟都快跳出胸口。

她手中纏著一條麻繩，使出吃奶的力氣在勒。雖然這是林欣第一次勒人，但她以前會幫林春水「套鬼」，套個人頭還是很上手。

延易剛剛的注意力都在延江宇和巫有津身上，完全沒意識到有個小女孩偷偷摸摸地移到他身後。一條繩索掠過他眼前，再回神，就已經無法呼吸了。

林欣流暢的動作讓巫有津完全看傻。他練習多久才能好好套到延江宇，這樣看來，林欣其實很有在馬戲團表演的天分吧？

混亂中，延江宇衝去踢掉延易手中的槍。他讓林欣鬆手，再往延易肝臟的位置扎扎實實揍了一拳。

臟器不堪重擊，延易當場痛暈。

延易一昏厥，延江宇馬上拿來繩子，將他雙手反綁。

一連串動作做完，延江宇的呼吸還是很急促，雙手止不住顫。連他自己都很意外，爲什麼要因爲差點殺掉一個恨之入骨的人而害怕？

看到延江宇如此狼狽，林欣忽然笑了，「總笑我怕鬼，原來你也有會怕的事！哈哈，以後再笑我啊！」

她笑一笑，聲音越來越虛，後怕的感覺慢一拍才湧上。

笑聲漸歇，她在不知不覺中哽咽，「但其實，我……我剛剛也、也是很怕失手……」

延江宇以爲林欣是害怕延易會轉而攻擊她，下秒卻聽見她說：「如果我剛剛沒動作，你是不是眞的會殺人？」

延江宇看著她的眼睛，原想如實回答，話到嘴邊又吞了回去。

林欣眉眼低垂，語氣失落，「你明明說過，不殺人是你的底線。爲什麼這麼容易妥協？」話中還藏有一絲不易察覺的惱怒。

質問傳入耳裡，延江宇無話可回。

爲什麼？他其實有答案，答案也出乎預料的簡單——他沒有選擇。

從小到大，無力改變的宿命感像一張蛛網，將他沾黏其中。他逃脫不了，越掙扎就越深陷，久而久之，便學會接受。

他盯著延易，看到對方有要甦醒的徵兆，不願再多談，示弱般地回：「下次不會了。」

林欣收到回應，感覺自己做了件大好事。她擦擦眼角要掉不掉的淚，重拾笑顏。

延易一清醒，馬上察覺自身處境——手不能動、腳不能移，整個人被五花大綁，綑在桌腳。

「瘋子。爲了逼我殺人，你連自己的命都不要了？」延江宇走上前，神色清冷地問：「所以，我哥的東西呢？」

「日子太無趣，需要一點刺激，才有活著的實感。我賭你不會開槍。」延易歪著嘴笑，毫無懼意。

他仰頭回問：「你要東西，可以。但巫家沒人疼的小孩還活跳跳的，你拿什麼來換？」

延江宇二話不說，往他腹部揍了一拳，「再問一次，我哥的東西呢？」

延易悶哼一聲，嘔出血，啐掉一嘴鮮紅。唾液和鮮紅相混，在他嘴角牽出稠絲，濡溼乾澀的雙唇。

一雙鷹眼斜眺，延易扯出笑，神情嗜血，「你再打啊。打死我！」他布滿血絲的眼眸咕嚕一轉，朝旁望向林欣，「最好，就在你朋友面前打死我！讓他們看看，你和我有多像。」

聞言，延江宇瞳孔緊縮，乍然煞住動作。他緩緩鬆開緊握的五指，深吸一口氣，「你們先出去。」

「我們沒關係，學長你……」林欣怕他又犯病，連忙出聲。

「沒事。外面等我一下，我跟他單獨說點話。」

雖然不太放心，但既然延江宇再三保證不會有事，林欣和巫有津也只好退出屋子，留空間給他們。

延易就算手腳受縛，也不害怕和延江宇獨處。

他緊盯林欣離去的背影，少女渾身洋溢著青春氣息，那種未經現實摧殘的純真，在他眼中格外誘人。

「年輕又有活力，真會挑啊！」他毫不掩飾心中貪念，「從哪找來的馬子，玩起來怎樣？」

「朋友而已。」延江宇抿平唇線，態度冷淡。

「朋友？」延易聞言沉吟，片刻後，喉中發出沙啞的陰笑，「哈……我懂了，你不敢再更近一步？」

他對上延江宇雙眼，看破所有偽裝，「真可憐。死了一個親人，就誰都不敢愛了。你是不是覺得，那些親近你、在你身邊的人，最後都會死？」

延江宇站在他面前，不說話，也沒有動作。

或許是種身體的保護機制，這個當下，他心中異常平靜。原來怒極反笑是真的，當大腦承受的刺激過了臨界值，一切都不一樣了。

延江宇回望這份挑釁，不閃不避，認了對方的話，「是吧。」

「是啊，我看就是這樣！」延易咧嘴一笑，還不放過，故意以惋惜的口吻說：「延江傾這麼優秀，他會早死，都是你的錯。沒辦法，只能怪你命賤了。」

「你現在，也就只能耍個嘴皮而已。」延江宇垂眼看他，「我印象中的父親，心狠、話少，做事雷厲風行……時間過得真快啊，你也老了。」

有些人越接近遲暮越聽不得老，延易正是這一類人。他眼神怨毒，罵出好幾句髒話。

但延江宇早就對咒人的詞彙免疫，等延易罵完，他再次問：「我哥的東西呢？」

罵累的延易聽出話中執著，神經質地低笑，「東西？你覺得呢？」

他神色陰沉，眼中沒有半點恐懼，「延江宇，你明明就知道答案，所以才沒回來找過我。現在還抱有期待，你是小孩子嗎？」

他回道：「骨灰早就流進水溝、排到海裡了。至於音檔，拜託，哪有那種東西！」

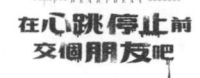

即使手腳都被固定得死緊，延易仍舊能用口舌，將延江宇一刀一刀剜得鮮血淋漓。

他咳笑不止，「去錄一個將死之人的哀號，我是吃飽太閒？」

門外，巫有津很怕延江宇又出事，放不下心的他回到門邊躲著偷聽。

聽到這話，連他也聽不下去，衝進門，握住延江宇的手，「你別聽他亂說。」

延江宇很感謝巫有津的貼心，但他知道，延易的話並不是單純在激他。他也很感謝林欣剛才替他堅守原則，但早在多年前，在他沒拉住延江傾的那一刻，底線就已經不存在了。

他別開巫有津的手，「他沒有亂說。」

延易說得沒錯，他什麼都知道。延江宇垂落長睫，「我只是藉由找回我哥的東西在減輕罪惡感，這沒有意義。」

他輕聲道：「骨灰入海也好，他喜歡藍天和大海。音檔最好也不要，這世上不用再留存任何記錄他痛苦的東西。我希望他一路好走，快點投個好胎，下輩子不要再遇見會造成他苦難的人事物。」

包括我——剩下的話，他沒說出口。

他暗想，如果有下輩子，你要找到更好的家人，千萬不要再遇見我。

三人離開別墅後，巫有津請家裡處理延易。

巫家早年也是地方幫派，近期從黑洗白，但某些灰色地帶和五鏈幫仍有利益糾葛，是生意上的死對頭。

巫家收到消息，趁延易勢單力薄，派人暗中動手，徹底斷了延易這一條分支東山再起的機會，也藉機削弱五鏈幫氣焰。

然而，聽到這個好消息，延江宇並沒有表現出太多喜悅。

他現在的狀態微妙，沒有人知道他心裡是不是真的放下他哥了。

迴光返照？暴風雨前的寧靜？林欣看著他，覺得自己懂的形容詞太少，才會不知道要怎麼描述他的情況。

一個人若失去追求已久的目標，那隨之而來的空虛，就如滅頂的浪濤一樣危險。

林欣雖被生母拋棄，但她知道她比延江宇幸運太多，遇見待她如同親生的林春水，生活雖不富裕，不過勝在平淡和樂。

她和林春水相依為命、日夜相處而生的感情，三言兩語難以講盡，她能理解延江宇為什麼如此看重他哥。

林欣無法想像哪天林春水不在了該怎麼辦？又如果，哪天她因為某些原因，而導致林春水的死亡……她想都不敢想。

她越亂想，心中就越是忐忑。

那天，他們離開別墅後，林欣幾度想開口關心延江宇，又不知該從何問起。

延江宇表現出的模樣太過正常，甚至，他還記得林欣這禮拜有通識課期中考，主動說要幫她複習，彌補她這幾天莫名其妙消失的時間。

「小命要顧，大考多少也要看一下，別把成績弄得慘不忍睹。」延江宇勸道。

晚上，林欣吹頭髮時，延江宇傳訊息來約她去圖書館。她一收到，便坐在鏡前竊笑了好久，吹風機還因此過熱斷電。

雪兒如果看到這幕，她會邊嘆氣邊說：「小孩就是好騙。」

林欣笑到一半，恍然驚覺，她居然會因為幾則訊息就這麼快樂，像個傻子。簡直和接到偶像電話一樣。

她想起雪兒說過的，「是在追星呢」。

她不像延江宇，年紀輕輕就縱橫情場，能完全掌握自己的心。林欣分不出來她對延江宇是戀人的喜歡，還是追星的愛慕。兩者不都是「喜歡」嗎？

她是粉絲還是情人，差別不在她，而是那個萬眾矚目的人，願不願意看她一眼。

這樣一想，好像真的有點作踐自己，雪兒說得半分不假。

林欣坐在化妝鏡前思考，她反問自己：「和延江宇相處時，開心嗎？」

她眼中的延江宇，大多時候是刀子嘴豆腐心，容易心軟，也很會替別人著想。只不過，他會把所有事都藏在心裡，所以旁人很難理解他。

她不知道自己是不是眞的喜歡延江宇，但她喜歡延江宇的細膩和溫柔。

那對方呢？延江宇是怎麼看她的？要怎麼知道，對方究竟有沒有機會喜歡自己？

林欣愣愣地坐在鏡前，小腦袋瓜沒辦法負擔這麼複雜的問題。

既然想不出來，那就別想了！於是，她伸伸懶腰，確定有把自己洗香香，在鏡子面前大喊：「好耶，明天去圖書館嘍！」

結果，說是要到圖書館複習，實際翻開書本，林欣卻是讀沒幾行就精神不濟。

沒辦法，雖然理智上叫自己不要再想，但她的頭腦做不到。

昨晚，她拿起手機，瘋狂地查「怎麼判斷他喜不喜歡我」，一查就查到半夜。

林欣一邊查，還一邊欣慰地想，原來不是只有自己有這個煩惱！網路中處處是同溫層，放眼都是在情海沉浮的暈船仔，太、棒、了！

她點進一個標題聳動的頁面，是網友大力鼓吹最準的幾項判斷法則。

會爲妳取專屬綽號？

延江宇有叫過她「小欣欣仙姑」，這樣算嗎？

會和妳共喝一杯飲料？

上次他把那杯咖啡加熱可可的鬼東西喝完了，這……這樣算嗎？但她其實沒喝那杯咖啡呢。

會記得妳的喜好，並主動靠近妳？

她不確定延江宇知不知道她的喜好，但他記得她只提過一次的通識課期中考。

至於靠近……靠、靠得太近了！

這人剛剛還坐在旁邊，隔著一塊隔板，爲什麼現在她能感受到他的吐息！

延江宇在她耳邊低笑，「小欣欣仙姑，讀書讀到神遊去了？」

「才沒有。」林欣臉頰發燙，慌慌張張地遮住畫到一半的向日葵。

「剛喊妳，完全沒有反應。」延江宇拉開距離，遞給她一本筆記，「我怕喊更大聲會吵到人。這裡是圖書館，太吵會被瞪。」

下禮拜的通識課要考四章，延江宇讓她先看前兩章，他幫她整理後兩章的重點。

林欣接過筆記，內容條理分明，足見用心，「你對人都這麼好？」

說完，又覺這話問得像是想證明什麼的小孩，爲免誤會，她連忙再補充，「巫有津到底有多少科是你罩的？」

延江宇勾了勾嘴角，沒有戳破她的掩飾，「沒有。我很少幫人做筆記，吃力不討好，麻煩。」

他彎起狹長黑眸，眼中誠懇無比，不熟的人看到這眼神，還會誤以爲他是老實人。然而，延江宇下句接，「我也不幫巫有津做筆記，他都直接抄我答案。」

他笑了笑，「他請我吃飯，我幫他順利拿學位。」

說得簡單，還不忘調侃自己，「誰叫巫Daddy養我這麼多年。我其實是養成系小精靈吧，從高中就被他包來養了。」

「這樣也不虧，你對他眞的很好。」林欣發自內心感嘆。畢竟，有多少人遇到危險，會眞的替朋友擋刀？

延江宇聽了只是淡淡一笑，「收到的好，都是要還的。」

他不喜歡欠人，以免哪天欠一欠，人忽然就走了。

爲什麼一定要還？林欣被堵得一時語塞，延江宇卻沒給她多想的機會，闔上書本，「妳念不下去了。走吧，先去吃午飯。」

他們挑了家平價的義大利麵店。

店員送來一杯黑糖熱鮮奶，林欣輕碰杯邊，暖意自手心擴散。這杯飲料，是延江宇替她加點的，他記得林欣怕冷，也記得她愛喝甜。

看林欣靜靜不說話，只一直用攪拌棒畫圈，延江宇問：「在想什麼？」

在想，你到底對我有沒有意思？但林欣身爲愛情新手，當然是不會丟這種直球。

「在想……」其實她也不只在想這件事，心跳**APP**至今仍未解決，「想很多事。想快完蛋的期中，想下次配對能不能順利，還想……多聽你講講自己的事。」

延江宇聽到林欣提起這話題，挑起眉，身體向後靠上椅背，笑容有些複雜。

林欣講完自己也尷尬，她噘起嘴，想扳回一點顏面，「不然、不然很不公平啊！每次都是你聽我在講廟裡的事。我的多少糗事你都聽過了，但你什麼都不說。」

「妳的事有趣，講出來會開心，但我不一樣。何苦吃個飯，還要讓心情差呢？」

又來了，又是這句。林欣討厭他總用「不一樣」畫清界線。

她想回嘴，店員卻在這時上菜。

延江宇趁機壓下她快爆發的小火山，「等等，先別念我。我其實有點怕妳念，有種命緣娘娘下凡鎮壓我這個妖魔的感覺。」

他想了想，還是妥協，「今天小欣欣仙姑最大，妳想聽什麼，我就講什麼。」

林欣有點意外，不懂延江宇為什麼忽然要讓她，難道今天是什麼特別的日子嗎？

「我以前的事，並不是多好聽。如果講不好，還要請小仙姑多包容。」

與延江宇爽快的態度相比，林欣顯得有些手足無措。她想，若表現慌張似乎有些失禮，於是趕緊擦擦嘴，坐直了腰。

「沒關係，你只要願意說，我都會聽。」

看她努力維持端莊，延江宇忍不住想，林欣真的是從天上下來的孩子。

「妳放輕鬆點，都是過去的事了，用不著這麼正經。」

談起自己，延江宇總是輕描淡寫。這些敘述如此平淡，聽在林欣耳裡，格外心痛。

他講一對孤兒兄弟如何長大，沒背景的人要如何在灰色地帶生存。

話裡沒有誇飾，林欣聽得出哥哥有多疼弟弟，卻聽不出哪些描述是現實，哪些又是當年的床邊故事。

故事裡的弟弟自私得像個人面禽獸，失去了才在後悔，很難讓人同情。

「沒有回頭路的事，都是他擔下來的，包括殺人。」

延江宇邊講邊吃麵，說到這，語氣稍停，嘴角若有似無地上揚，「他這麼辛苦，就是希望我不要越過底線。結果我還是……」

他笑了下，放下鐵叉，看向林欣。

「幸好妳在。」

林欣麵吃到一半，這話突地直擊心底，讓她有點想哭。

她從小到大都拚盡全力在生活，努力讀書、努力打工、努力靜坐，可是卻什麼都做不好。

老師說，她天分不在讀書，怎麼教都學不起來；老闆覺得，她這個員工可有可無，連端菜都會跌跤。

只有林春水給她無限的耐心。

她沒見過法力無邊的命緣娘娘，摸不著的神佛太遠，林春水就是她的天。沒有林春水，就沒有現在的林欣。

信眾抱怨小仙姑信口開河，林春水會用慈祥的笑容反擊，「這樣喔！不然你油錢省省，去拜別家廟？我們好像不缺你這一個信徒喔！」

林欣沒辦法像林春水一樣，把話說得眞眞假假，讓信眾歡喜而歸。她和命緣娘娘的連結時有時無，通靈做不好，話也說不好，越來越多的信眾覺得這樣就是「不準」，客源逐漸流失。

廟裡的生意每況愈下，林欣時常會想，都是自己害的。

除了林春水，從來沒有人看好她。

但延江宇現在卻說，幸好妳在。

綿長的暖意讓人充滿力量，林欣眨掉眼眶中打轉的淚，再抬頭時，已經換上天眞無邪的笑容。

「小事啦。」她端起熱飲，雙手暖暖的，「是延易太糟糕了。」

聽完延江宇的過去，她說：「我想……我若是你哥，肯定不希望看你難過這麼久。當年的事，過去就過去了，我問過婆婆，她說你執念太重，才會這麼容易招鬼。」

「招鬼……」延江宇笑得隱晦，「妳又不是我哥，怎能知道他的想法？搞不好他希望我早點下去陪他呢？他以前都抱著我睡，說不定會想念我這個大抱枕。」

「什、什麼？你怎麼會這樣認爲？」林欣心裡一驚，從這句話中聽出一絲涼意。

她想到對方的求生欲明顯消極，「他如果眞的愛你，肯定是希望你過得好好的。」

延江宇移開視線，手背撐住下巴，幾乎沒有思考就反駁，「不是。那是妳的想法。妳的想法，不能代表全部人。」

服務生收走桌面上的空盤，他們隔著桌子面對面，兩人之間只剩下兩杯飲料。

他總會想到事情壞的一面，林欣不解，他爲什麼就不能像她一樣，學學散播歡樂散播愛？

她實在很受不了延江宇負面的思路，「才不是，大部分的人都會這麼想！」

延江宇側過頭，「小欣，那是因爲妳喜歡我，所以妳才這麼想。如果是雪兒，她就會說活該。」

林欣想她大概是眞的笨，才會看不透他眼中那些難以捉摸的思緒。

他勾起唇，「我哪裡值得妳喜歡？」

延江宇的話聽起來像在開玩笑，但林欣覺得他是認眞想討論這問題。

拿一把刀剖開她的內心，把裡面一一掏出，再說服她：看，其實妳不喜歡我。

連雪兒這樣落落大方的人，都被延江宇蹂躪得渾身是傷，她幹麼還重蹈覆轍？

「我背景複雜，對人薄情，還身負案底。雪兒喜歡我大，妳喜歡我哪裡？」延江宇饒富興致地看著她，「還是妳喜歡我的臉？」

林欣愣了一下，搖頭。

她就是喜歡，但感情這麼無形又瞬變，她怎麼可能講得過對方？

延江宇沉吟，接著「啊」了一聲，眼底笑意加深，看著就是在嘲弄。

「我知道了，妳喜歡悲劇故事的主角？」他說：「都說是悲劇了，我勸妳再想想。」

面前飲料已經見底，沒有食物可以分心，林欣只好低頭，攥起桌面下的手。

她現在明白了，今天確實特別，特別在延江宇打定主意想和她攤牌。

這段時間來的相處，此刻悉數掠過眼前。

她想起多話的小A、想起餐廳外的冷雨和寒風、想起他懷中女人的紅髮、醫院慘然的白、炸在耳邊的槍響，還有溫熱、殷紅的血……

越想，林欣心中越是混亂，好的壞的，至此都已摻雜一塊，讓她不想離開。

「我就不能……」過了好一會，她細細地說，像幼鹿呦呦吐出哀鳴，「單純喜歡你嗎？」

她抬頭，眼尾泛著紅暈，讓人心生憐憫，「你不可能完全不喜歡我吧？」

這一刻，林欣又想起雪兒說過的，「不要嘗試讓延江宇愛妳」。

原來，人在暈船時真的會作踐自己，但又有什麼辦法呢？等她意識過來，一切就已經煞不住了。

「我現在知道你的過去，也沒有排斥你的意思！你幫我擋鬼、教我念書，還說好要帶我去看電影……」

延江宇嘆氣，抽起衛生紙遞給她，輕喊：「林欣。」

林欣一愣，她不喜歡延江宇喊她本名。每次他這樣叫她，就像在自以爲是萬惡不赦的悲劇主角。

「妳聽雪兒的話，不要喜歡我。延易說得沒錯，在我身邊，不會有好結果的。」

不是「不喜歡妳」，而是「妳不要喜歡我」。

林欣覺得，延江宇和她半斤八兩，都是學不會說好話的人。

她不想聽延江宇的眞心話。

後來，他們還是一起回到圖書館，穩穩地準備考試。

有延江宇的幫助，林欣的期中考得還行。

只是，從那天起，延江宇除了協助她的課業、討論心跳APP，維持住她的學業和生命，就沒再和林欣有太多交流。

延江宇把自己搞得像工具人，偏偏他夠聰明，什麼都能幫，讓林欣覺得好討厭。

林欣本就常去圖書館溫書，但從那天開始，她習慣坐在和延江宇一起念書的位子。

他攪亂她平靜的生活，還處處留下他的影子，卻不負責任地說不要喜歡他。

怎麼能有人這樣?

有次,林欣在圖書館遇到巫有津,意外發現關依依和他成雙入對。

這兩人,居然餵貓餵出感情了。

林欣原想轉頭就走,但巫有津眼尖,一見到她便熱情地朝她揮舞自己的手。

巫有津快步走來,「小欣!怎麼這陣子都沒看到妳。」

他個性熱情,林欣也不好再避開他。

「妳如果遇到江宇,替我勸勸他,不要再幹些危險的事了。」他見到林欣,忍不住碎念:「唉,現在連個線索沒有,他堅持什麼呢?」

林欣完全不知道他在指什麼,「他最近在忙什麼?」

「就心跳APP啊!」巫有津一臉煩躁和擔憂,完全藏不住情緒。

他慢了半拍才意識到林欣沒理解,他面露遲疑地問:「嗯?他沒跟妳說?」

林欣微笑,搖搖頭,延江宇怎麼可能會跟她說。

林欣的反應使巫有津有一瞬的困惑,不過他天生性子直,也沒有多想。

「自從上次撞鬼之後,心跳APP似乎就對我們別有優待,配對環節和小遊戲都沒太過刁難,但延江宇卻盡挑鬼來配對。他好像還是想找出心跳APP的中介,找不到人問,就想找裡面的鬼問。」

巫有津按著太陽穴,這任性的朋友實在讓他頭痛,「超危險的!搞不懂他爲什麼要這樣，他原本不是不想管嗎？小欣，他都把我說的話當耳邊風，妳去勸比較有用。」

林欣想起，剛考完期中考時，她曾傳訊息和延江宇說她要選下一輪配對對象了，心裡有點怕，睡不好覺。

延江宇沒有笑她膽小，當然，也不可能說要陪她。他已讀一陣子，也不曉得是不是早就看出林欣是在裝怕，僅僅回應：「截圖來，我幫妳選人。」

延江宇想找出中介，是在防範未然，還是其實是爲了她？

這個想法才剛冒出，林欣就覺得好笑。她想，說不定延江宇是擔心巫有津哪天再次犯蠢點錯，就她在自作多情。

「嗯。我如果有遇到他，會再叫他小心。」終究，她也學會了隱藏。

話是這麼說，林欣心裡卻清楚，他們如果繼續維持現狀，就不會再遇上了。

也沒什麼不好。她想。

現在她的生活很規律，平日念書，假日就回廟裡幫忙，做她的小仙姑。

或許人就是這樣，不經一事，不長一智。當神靈載體這種事，不只靠天分，更靠後天修練和造化。人情世故看得越透徹，和命緣娘娘的同步率就越高。

林欣自從學會僞裝，就漸漸掌握了當仙姑的訣竅。

她這禮拜，接了一個年約三十，正值風華歲月的女子。

她認識一個男生很久了，談了近十年的感情。可是每次她問起婚事，男方總給不出明確的回答。

年紀漸長，女子也漸漸有些緊張。她想問命緣娘娘，他們到底能不能有未來？

林欣臉上畫著繁複妝容，她借助命緣娘娘的力量時，感覺像靈魂出竅。

一瞬百年，原來人的一生在神明眼中如此短暫。只要時間拉長，再濃的悲歡喜樂，都是過眼的風花雪月。

她看見女子和那男生相處的過去，也看見他們的未來。

他們個性確實契合，男方也不是不在意這段感情，可是他有心傷，兒時的家暴陰影。雖然男方父母都已離世，但創傷使他對共組家庭心生恐懼，他怕傷害女子，更怕自己成爲下個悲劇循環的齒輪。

他明白女子心意，但這深埋的憂思，只要他不願說，對方就永遠沒有踏入他心房的機會。

他不願說，更不敢說，只因女子多次表示想要有個孩子。

林欣看完，吐出悠悠長嘆，「沒有辦法。」是個死結。

女子愣了一瞬，不死心地問：「爲什麼？我們相處十年，個性也磨合得差不多了，爲什麼會沒有辦法？」

林欣以前不懂，但她逐漸可以明白這種執著。只是，她還是學不會說好話，「感情事，不能強求……所以，沒有辦法。」

「爲什麼？到底爲什麼……我可以等他，我也眞的很喜歡他……他、他也不是眞的完全不關心我，爲什麼會沒有辦法？」

女子聽到惡耗不能接受，忽然下跪抓住林欣腳踝，「仙姑、仙姑，您肯定有辦法的！我可以再付錢！我可以，我不缺錢……」

林欣看她涕淚縱橫，垂下眼簾，沒有說話。

女子哭得肝腸寸斷，不懂爲什麼多年的感情，最終只能無疾而終。

最後還是林春水收場。林欣心想，她又搞砸了。

林春水送走女子，轉身走向林欣，「唉，小欣，妳怎麼跟她說沒有辦法呢？」

她粗糙的手指布滿厚繭，輕柔撫去林欣眼下兩行清淚。

林欣這才意識到自己在哭。

她一察覺，淚水就撲簌簌地落下。她原是安靜地哭，後來就抹著眼睛，在林春水懷中嗚咽。

林春水摟著她，「小欣啊，有時信眾來，並不是眞的想來問神，而是想問一個善意的謊言。如果沒人告訴他們事情會變好，那別說以後，現在就會撐不下去了。」

她輕拍林欣後背，接著說：「命是一回事，但命運和選擇是雞生蛋、蛋生雞的問題，這世上沒有絕對。所以命緣娘娘才不讓妳看太多事，看多了都是庸人自擾。小孩子，還是太年輕了呀！」

林春水的手心厚實溫暖，一下、一下落在林欣背上，像要替她拍去所有苦難。她溫和地哄著：「哭一哭吧！哭好了再睜眼，前路就會清晰。」

長夜將盡，沒有黎明驅不散的黑。

綿綿陰雨，終有天晴之時。

延江宇沒有想過，在這種場景下，他會再次和林欣見面。

有網路就是方便，眞心不想見到一個人時，很多事都可以用冰冷的現代科技解決。他做好的筆記傳電子檔、考古題放在雲端硬碟、配對人選看截圖幫忙挑選。

但有些特殊情況，再不情願，延江宇都還是會給點面子到場。例如，巫有津說他有至關重要的事要道歉，嚴重到得當面跟延江宇下跪求饒。

「嗚嗚，我們家小蘑菇年輕不懂事，給大家添麻煩了，眞的很對不起……」

他口中的用詞已經變成「我們家」小蘑菇了？延江宇冷眼以待，心裡怎麼有那麼點不是滋味？

關依依被巫有津壓著一起下跪，表情卻不是很服氣。

她的姿勢，與其說是跪，其實更像是蹲。

她穿著綠色圓點裝，雙頰鼓成嘓嘓青蛙，像是隨時會跳起來。

「我又沒有做錯！」她嘗試抗議，力氣卻不敢把手壓在她肩上的男人，「我後來都請牠們手下留情了。上次住院後，你們應該也沒再被刁難了吧？」

林欣面露難色，「但依依，這件事不是只牽扯我們幾個，光看網路上的回報，就知道有多少無辜的人受害……」

「我不聽我不聽我不聽——」

關依依肩胛一抖，手摀住雙耳，自欺欺人地縮起身。她把整顆頭埋到雙臂裡，渾身隱隱發顫。

巫有津看著心疼，也不好再強按住她，手上力道鬆了點。

孰料，他不過稍微收力，就讓關依依逮到逃跑機會。

她倏地冒出頭，蹲著的雙腳用力上蹬，整個人衝向大門，「孢子噴射！」

可惜噴射路徑上有延江宇，無情大魔王長腿一掃，「碰」一聲，短腿蘑菇再次和地板親密接觸。

「嗚！」關依依摔得手腳都在發疼，蜷在原地嗚咽，「好痛……」

她露出一雙賊亮的眼睛，怒氣沖沖地瞪向延江宇，「大壞蛋，腿長了不起嗎！你下次死定了，我一定請牠們讓你斷條腿！」

延江宇才不吃她的威脅。關依依無法溝通，他回頭看向跪得端端正正的巫有津。

他彎起眼，「所以你說，心跳APP會變這鬼樣……都是這顆小蘑菇搞出來的，是嗎？」

一句簡單問話，聽來卻像覆滿寒霜的針，扎得巫有津頭皮發麻。

巫有津之所以會抓著關依依來道歉，事情要說回昨晚——

能和校貓交流的時段多，昨天他們的課對不上，就協議吃完晚餐後再一起去看貓。

他們學校位置偏僻，沒什麼地方好去，倒適合在校園裡聊天散心。

夜晚的校園，路燈盞數不多，只勉強照得清面前的路。恰好天上雲稀，又時近農曆十五，月色正美。

美中不足的是，天氣實在太冷，手放口袋的巫有津連打哆嗦。

關依依不怎麼怕寒，她看巫有津牙關打顫，笑著問：「你會冷？」

「超冷，穿太少了。想躲回房間。」他據實以告。

「很多流浪動物也都很冷。」關依依瞇起眼，忽然有感而發，「牠們原本不該出現在街上的。如果有人能把牠們帶回家就好了。」

關依依不是雪兒那種冷豔型的美人，也沒有林欣身上開朗的氣息。巫有津會注意到她，是因為兩人愛貓的共同愛好，後來，他覺得關依依身上有股奇特的吸引力，算是一種反差萌。

她狀態清醒、不是一顆蘑菇時，看世界的角度純粹又獨到，有種別具一格的美。

月光打在她鳥羽般的睫毛上，關依依眨眨眼，一邊撫摸著貓，口中呢喃：「那個……」

「嗯？」

「我有事想跟你說。」

因爲天冷的緣故，兩人依偎得近。關依依的聲音含在嘴裡，耳根略紅。

這樣的時間、這樣的氛圍、這樣的語氣，巫有津大概猜得到關依依想說什麼。不待關依依說出下一句，他已經點頭，準備好要回答那個字。

「其實……」

「ㄏ——」

「心跳APP是我用的。」

「好。不對，什麼？」

巫有津完全呆住，大腦一時無法消化這個訊息。

關依依轉過頭，眼睛亮得像玻璃珠。她眨眨眼，聲音裡有種天真的殘忍。

「我說，你們在查的心跳APP中介就是我。是我幫他們獲取途徑的。」

第七章　最後一次的求援

從小，關依依因爲性格奇特被排擠，比起人，她更親近動物。

每每看著牠們，關依依就覺得動物比人更好，親近或排斥一眼了然，用不著她掏空心力去揣測。

她從國中開始便會存些零花，定期捐錢給流浪動物中心。後來時間多了，就想貢獻一點勞力，因此，她會在放學後去收容機構幫忙。

一去才發現，這種做善心的事缺人、缺地方，更缺錢，還有很多隱而未顯的問題。

機構裡食糧不足，醫療資源更是稀缺，安樂死和結紮野放的疑慮也遲遲未解。

除了從外誘捕的成年動物，還收容了品種培育失敗、賣不出去的幼獸。

這些貓狗全身上下都是毛病，沒了利用價值遭人棄若敝屣，關在狹小的籠子等死。

關依依看了好難過。

她常常蹲在鐵籠前，對著牠們無聲掉淚。

小貓發育不良，走路搖搖晃晃，從角落走來蹭她的手，關依依知道牠們都活不久。

在鐵籠裡的牠們不是獨立的三花、白襪、胖橘，面孔換了又換，就像人們不會替蟻窩中的每隻螞蟻取名，這窩生物也都只有一個名字——流浪動物。

沒有選擇權，生來就在受苦。

關依依心想，這樣不行。她只有一雙手，能做的事終究有限，如果想幫助更多動物，最簡單的方式就是捐錢。可是她家裡沒背景，也沒有富裕到能常常做慈善，她得想辦法攢錢。

她不喜歡和人交流，一般的餐飲業、服務業她做不了。為此，關依依上網搜尋能獨立完成，又不用和人面對面溝通的工作。

查了好幾天，關依依發現，接案似乎是個好選擇。時間地點自由，和案主談好規格，按時交件就好。

接案類型眾多，關依依什麼都不熟，既然都得從頭學，她就挑價格高的做。

於是，她開始學寫程式。

基礎語法、網頁設計、前後端、資料分析，甚至是需要大量數學背景的資安領域，關依依都願意埋頭苦讀。

她用化名，在網上漸漸累積口碑，接下一件又一件的網頁製作案件。

她也學了資安，但關依依不接破解和偷盜的案子。

其實，有些違法案件報酬高，關依依也不是一開始就排斥。

不過她曾接過一次這類型的案，案主要她幫忙清理走私保育類動物過程留下的痕跡，關依依對此暈眩又反胃，一氣之下便拒絕了。

人爲了一己私利，居然可以毫無底線地傷害其他活物。

從那時起，她開始學習當顆蘑菇，將自己獨立於世界之外，不然她會討厭自己。

她把賺來的錢拿來幫助動物，範圍不限於流浪動物，野生動物也涵蓋在內。

關依依和人越疏離，就和動物越親近。

她喜歡一個人去山裡，在遠離塵囂的地方，獨自待上一整天。

她發現，山中眞的有很多聲音。

她循聲走到山谷，看見一整片被放生的雨傘節，在不適合牠們生存的坡地上掙扎。

遠方，被放養的流浪狗吠叫著跑來，咬起瀕死的蛇當娛樂。

看著這一幕，關依依覺得人是世上罪惡的根源。

滿山鬼哭，虛虛實實地籠罩山野，怨念一點一滴累積。

她在山中，一閉眼，就能聽見牠們的憤怒。而她的存在，讓這股怨氣有了出口。

於是，在沒人看見的暗處，她神不知鬼不覺地盜走心跳**APP**。

關依依就讀文組科系，但這只爲了掩人耳目，她不倚靠學歷也能賺錢。

她是自學成才，性格孤傲的資訊天才。

巫有津一解釋完來龍去脈，全場靜默，最終反派就在你身邊，原來是這種感受嗎？

關依依還在惡狠狠的堅持己見，「我沒有錯！誰叫人們作惡多端，活該！」

「但妳這樣也波及不少無辜。」林欣比較中立，小仙姑好聲好氣地說：「如果是想懲罰惡人，應該針對那些人就好，不要擴大因果的鎖鏈。」

「一開始是呀，但、但就……」

關依依後來選擇告訴巫有津，也是因爲她發現狀況和預想的不同，正往失控方向一路奔馳。

「後來的事，也不是我能控制的了。」

她緩緩開口：「我原先聽牠們說，五鏈幫手上那款APP被惡意入侵，牠們有操作空間，才會盜走伺服器的管理權限。原本APP的流通對象確實都鎖定在這些動物靈厭惡的人，但隨著越來越多惡鬼加入，事情就……」

關依依撇過頭，還是拉不下臉道歉，「我認識的牠們仍掌握著整個APP的主控權，但一些小功能，或惡鬼們各自想報復的對象，就管不太著。」

延江宇想起，在巫有津房間裡，攻擊他們的靈體有蛇身和獸爪。他當時只覺那靈體型態怪異，疑惑怎麼有人死後會變成這樣，沒想到那是動物靈的合體。

關依依還在咕噥：「我後來有請牠們對你們好點了嘛！不然你們怎麼會沒事？」

林欣想到一事，雖然現在問有點不合時宜，但她還是很好奇，「依依，妳如果討厭和人交流，怎麼還加入戀愛學分研習社？」她和關依依是同時被王煬拉進社團的。

「我家人說，我都大學了，不要這麼孤僻。那時這社團在博覽會的第一攤，聽王煬說不用做事，我就加入了。」關依依也很誠實。

原來，自始至終只有公主社長想創這個社團，但他現在還是沒有女友。延江宇心想，這社團不如就地改組「資訊研究社」，可能還比較適合。

他收回發散的思緒，看向關依依，「那現在呢？要怎麼解決這個程式？」

關依依蹙起眉，偷偷轉頭，假裝沒聽到。

巫有津現在也算了解她，追問：「該不會沒辦法解決吧？」

「我……其實不太確定耶？反正你們也不會有生命危險，應該沒差？」

「有差。」延江宇秒答，語氣中的警告意味濃厚。

「好嘛！」關依依往後一縮，也是摔得有點怕，「我想想怎麼辦……」

她咬緊下唇，「我們去拜拜牠們吧！動物很仁慈的。牠們的大本營聚集在我常去的那座山裡，如果牠們願意放下，說不定就沒事了。」

「但妳不是說，後來還有其他惡鬼加入？」林欣問。

「那些都是後來攀附牠們氣焰的雜鬼，會慢慢消失，起不了大風浪。」

由於眼下沒有其他方法解決心跳APP，大夥只好嘗試關依依的提議，約好四人明早一起出發。

解散後，林欣回廟裡拿了些東西。

她想，一切是該做個結束了。

無論是心跳APP，還是她和延江宇之間說不明的狀態，都該有個結束。

今天延江宇見到她，態度和以前幾乎一樣，連打招呼都很自然。

這個男人這麼會演，林欣發現，她根本看不透他……

隔天，前往深山前，林欣趁著車還沒來，抓準機會逮住延江宇。

他被握住手腕，低頭看了眼，勾起唇問：「怎麼？」

「我們這樣下去太累人。我是不知道你過得怎樣，但至少對我來說，很費心神。」

延江宇垂眼看她，他看得出來林欣不一樣了，她現在已經會直視他的目光。不過，又有誰是不會變的呢？

延江宇微微頷首，「那妳打算怎麼辦？」

他的笑依然迷人，睥底死生無忌的異樣感，形塑了他渾然天成的神祕和自信。林欣差點就被他問得動搖。

她喜歡延江宇，喜歡他笑，更喜歡他笑著看自己。

她忍不住在心裡自嘲，追星呢。

可她沒有在追星，從小到大，林欣認定的明星只有命緣娘娘這個大美人。

「不曉得，可能設個停損點吧。」林欣聳聳肩，試圖讓語氣顯得自然一些。

或許只要笑得和他一樣，她就也能擺出毫不在乎的態度，「等心跳APP的事結束，如果你還是不喜歡我，那我們就別往來了。」

延江宇聽到她這麼說，乾脆地答應：「好。反正我也差不多要畢業了，這不難。」

「妳又沒跟他上床，他還哄妳這麼久，不容易了。」

「像我，對他來說就很免洗，用用就能扔。他啊，是換個伴都不用思考的人，反正對他來說都一樣。」

「他會拒絕，那才是真的有在珍惜。林妹妹，他怕自己傷到妳。」

林欣想起雪兒私下告訴過她的話，她說，延江宇很珍惜她。

看著他的表情，林欣心想，雪兒可能是超譯，他大概真的不在意。

珍惜……珍惜又有什麼用呢？來廟裡求緣的女子也有珍惜她的人，照樣是沒有結果。

巫有津開車來了。他們倆坐在後座，一路無話。

車內氛圍凍到極點，只有坐在副駕幫忙導路的關依依渾然未覺，一路上嘰嘰喳喳。

林欣由衷佩服巫有津，居然能聽她講貓狗的事講整路。

延江宇看著窗外發呆，一回頭，餘光瞥見巫有津透過後照鏡在瞄他。

看什麼看？他噙起笑，回以一個危險的眼神，嚇得巫司機趕緊收回視線專心開車。

手機地圖程式抓不準他們的定位，關依依幫忙指路，充當人體導航，「對，這邊再往前開，左轉，會有個小亭子，車能停那裡。」

關依依對這座山瞭若指掌，在她的引導下，他們下車走了一段荒煙小路，停在一個可以俯視裸露山坡的高處，這是當初她撞見雨傘節被放生的地點。

延江宇沒有說話。他往山谷一瞥，不動聲色地退後一步。

山崖下，數以萬計的獸眼陰惻惻地盯著他，延江宇這才知道，那天找上巫有津的黑影，不過是這些冤魂中的一小部分而已。

老實說，他不認爲關依依的方法能行。不過，就死馬當活馬醫吧，姑且一試。

「那麼，要怎麼拜？」延江宇問。

關依依也不確定，「雙手合十，心誠則靈？」

延江宇挑了挑眉，聽話照做。林欣和巫有津也沒多說，隨即跟上動作。

眾人闔眼一陣，沒感覺山裡有任何變化。

山谷靜謐壓抑，延江宇緩緩掀開眼皮。一睜眼，就發現林欣在看他。

她抿起唇，「好像沒用。」和他想得一模一樣。

看山谷裡的不祥氣息逐漸匯聚，延江宇搖頭，「何止沒用，感覺還刺激到牠們了。」

「咦？爲什麼？」關依依也注意到異狀。

她原地跺腳繞圈，像精神分裂一樣自言自語：「不接受？但這樣下去也……我知道、我知道你們是無辜的！但現在問題就是……」

現場四人，林欣修練有成能感應靈體，延江宇看得到，關依依聽得見，就巫有津一個人是麻瓜。他摸摸鼻子，知道幫不上忙時就要站遠點，別礙到人。

延江宇注意到那團黑霧逐漸增長，出聲提醒，「不能再這樣下去，拖越久越糟。」

「我在問了嘛！」關依依蹙眉，還在試圖協調，「不然你們開個條件？什麼，全部人都去死？不行，我現在喜歡的剛好也是人，你們換一個……」

要不然之前還喜歡過不是人的嗎？光聽就不靠譜。延江宇看向林欣，她今天背了袋東西，沉甸甸的，看來是有備而來。

但林欣其實也沒有好辦法，「怨氣太重，沒辦法和解。我也只能請牠們散了。」

她從袋子裡拿出符咒和招魂鈴，往兩頰塗上硃砂泥。

不管是什麼事，她都不想再拖。

延江宇走到她側邊，彎下身問：「感覺東西不少，有需要幫忙的地方？」

林欣埋頭準備器具，話說得小小聲的，「有……」

她不是延江宇，藏不住情緒，只能選擇低頭遮掩，卻更顯欲蓋彌彰。

這可能是最後一次了吧。

她強迫自己專注在等等的儀式，不要因多餘的情緒而分神，「你幫我拿招魂鈴。唯一要做的，就是站定在符圈內搖鈴，絕對不能踏出來。你是餌，符圈會保護你。」

就這最後一次，她私心想讓延江宇再多幫一點她的忙。

山上開始下雨。

林欣抬頭，見烏雲匯聚在他們頭頂，像一隻大手自天罩落，「看來我們得加快。」

她讓延江宇站好在符圈內，自己孤身踏上崖尖，位置剛好在延江宇正前方。

林欣深吸口氣，拉開髮繩，秀髮隨風揚起。

冷風捎來雨霧，不至於讓人弄溼冬衣，卻足以在林欣如瀑的黑髮上覆蓋一層晶瑩。

如果可以，她想和天借把星光，驅散滿谷黑暗。

「命緣娘娘，請！」

她眼神堅毅，誇大的動作和語氣都已捨去，和神靈交流無需那麼多花俏的前戲。

一股沉靜氣息擴散四周，她佇立崖尖，面對靈體，已不再慌張無措。

林欣確實不一樣了。她脫胎換骨，在一夕之間長大。

看著她嬌小的背影，延江宇無聲自嘲，林欣被迫成長，是他的功勞啊。

「不要分心。你心中有雜念，我們兩人會同時受影響。」

林欣沒有回頭，她的聲音夾在風中，捎入身後人耳畔。

巫有津很緊張，他不知道林欣手上拿的是什麼，只看見那盞燭火曳曳地搖，好像風

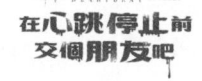

雨再大一些就會熄滅。

他什麼都不懂，只能在旁邊問：「我們、我們一定要現在自己處理嗎？下山之後，再找其他道士來幫忙不是更好？」

「來不及的。牠們一被驚擾，就會換位置。」林欣看不見怨靈形體，但能感覺到牠們生前經歷揉雜出的情緒。

她仰天一望，平淡地說：「請道士的話，牠們都是染血的魂，會直接被滅掉。」她頓了下，「我不想這麼做。」

林欣朝山谷緩緩伸手，掌心朝上，彷彿邀天地與她共舞。

燕語鶯聲，從她口中吟哦而出。

古老的音調，斂去殺伐之氣，卻仍存有不容質疑的威嚴。

延江宇聽不懂詞，也看不懂林欣的舉動。

風止了，他手中的招魂鈴無風自響。他看見滿谷黑影凝聚成團，在雨霧下虛虛渺渺，徘徊不去。

鈴聲吸引靈體的注意，人爲餌食，聲是指引，無處宣洩怒氣的怨魂一瞧見符圈內的延江宇，如鯊魚覓得血氣，悉數湧上。

牠們眨眼就能將人撕裂，卻在碰上林欣指尖一刻，停止前進。

前世種種，在身死一刻就該隨風而去，她想向命緣娘娘借一雙慈悲的手，接下所有殘破的魂。

剎那，時空彷若靜止。

延江宇聽到很輕很輕的嘆息。是道溫柔婉轉的女聲，不是林欣的聲音。

「苦難終會過去。天上神明萬千，總有一個會看顧憐惜你。」

這是延江宇第一次見到渡化。

觸碰到林欣指尖的黑氣被破開成半，向兩旁逐漸散去。

延江宇在她身後，有迎風破浪之感。面前女孩如將軍衝入敵營，此刻手上持的不是冉冉火燭，而是一柄明亮的寶劍。

山谷裡的怨魂消散大半，約莫只剩原來的三分之一。

如果能照這速度這樣下去……延江宇估算著還要多久才能處理完這些靈體，但他還沒算出時間，就錯愕地猛眨了好幾下眼。

雨霧紛紛，如薄紗遮目，他一時之間還以為看錯了——林欣腳踩之處，有塊被液體浸溼的泥壤。

那不是雨水。

林欣背對所有人站在山崖，細雨又干擾視線，延江宇才會慢一步注意到她的狀況。

「不能出來。」她沒回頭，「說過了，你不能出來。」

延江宇當然記得。不過，論受傷經驗，他可是資深許多，「妳這樣撐不完全程。」

「那也沒辦法。」林欣似乎在笑，「我還在呢，你別想做什麼傻事。」

鮮血滴落的速度逐漸加快，延江宇伸手，卻像抵到一面透明的牆。

其實林欣心中早就有底，既然心跳APP有辦法惹出大動靜，要解決本就不是件易事。她也猜到，若情況有異，延江宇不會乖乖聽她的話。因此選擇讓他拿招魂鈴，是想把他困在符圈裡。

風雨漸大，林欣的身影在山崖尖上屹立不搖。

她喜歡風和雨，有了自然的簾幕，她好像就能無所畏懼地說出真心話。

「如果可以，我還是很希望你能喜歡我。雖然原本想著事情結束後要再問你一次，但我想，可能也沒有機會了。」

林欣手中燭光彷彿隨時都會熄滅，她輕咳一聲，「你是很會說話的人，我直覺沒你那麼準，分不出話中的真假。我不用聽你的真心話，只要你稍微表現得愛我一點，我就會相信了。」

多麼渺小又卑微，但至少，她終於有勇氣說出口了。

她學不成雪兒的風骨，這樣低聲祈求，和那位來廟裡求緣的女子有何區別？

幸好她有停損點，不用像女子一樣，再多耗十年。

林欣說得很小聲，風雨刷刷打在葉上，延江宇不可能聽見她的話。止不住的血混著雨水，流入山林。林欣精力即將見底，一陣暈眩，扶著額跪落。但火燭未熄，儀式還沒有中斷。

她忽然摀住胸口，嘔了一嘴鮮紅。

視野內，斑斑點點的黑影。好像，真的撐不到最後……

林欣恍惚地想，這樣啊，她連最後一件事都做不好。

不可能是延江宇，他人在圈內，出不來呢，肯定是腦裡的幻聽。

「妳在瞎說什麼？」

儀式還沒完，她有自覺，不能功虧一簣。林欣看不清眼前景色，於黑暗之中撐住膝蓋，搖搖晃晃地站起。

那聲音再度傳入林欣耳裡，聽起來有點生氣，「雪兒不是教過妳，不要這樣對自己？」

她在內心竊笑，這更不可能是延江宇了，他才不會這樣說話，就只愛看她出糗，還要她喊別人姐姐。

溫熱的液體自嘴角滴落，暖意在她心中流竄，身體卻有點涼。

「她教過啊。」林欣呵呵笑，她現在什麼都看不見，覺得她在跟幻覺對話，「但、但我……我學、學不會。我真的好喜歡他，下不了船，暈船勒戒所一點用都沒有。」

延江宇簡直要被這小仙姑給氣死。

困在符圈內的他，彷彿回到多年前那個夜晚。

在他前方的人，做事都這麼義無反顧，一聲不吭地替他擋去災厄。

那道會和他說晚安的背影，一瞬間和面前身軀重疊。

延江傾死了，可林欣還是活的。

他不是當年的小男孩了，不會再讓別人在自己面前白白犧牲。

他用暴力破解符圈，花了好些時間，現在手上全是血。

延江宇破壞符圈驚擾怨靈，牠們怒氣高漲，他一踏出符圈就成了眾矢之的。

「妳先休息，不會有事的。」

林欣意識不清，只感覺到身後傳來讓人心安的溫度，印象中只有婆婆會這樣抱她。

她露出滿足的微笑，抓著那人的手蹭了蹭，「好。」

說完，她徹底陷入昏迷。

林欣沒處理完的靈體不多，只差最後一點。從上次自毀符陣到這回，林欣的表現在短時間內神速進步，不難想像她有多努力。

延江宇讓她平躺在地。

餘下怨靈縈繞不去，有靈體試圖偷襲延江宇，但還沒碰到他半點皮毛，就被另股存在殘忍殲滅。

延江宇低聲和剩下的靈體道歉，不是人人都通林欣的道術，他不會渡化，只能借助「他」的力量清除怨靈。

延江宇深深吸口氣。一直以來，他不願和那靈體正面溝通，是怕自己一旦和「他」搭了話，那「他」就眞的會是自己所想的那個人。

他無法接受，曾經替他遮去風雨的存在，死後成了殘虐的惡靈。

但如今，除了主動拜託「他」，延江宇也沒其他扭轉局勢的方法了。

「最後一次了。」延江宇站到山崖尖，讓風將呢喃帶往遠方。

「我也很想你。但是，好像只要我承認了，你就眞的會是這副模樣。我是希望你快去投胎的，不過算了。」

他開口：「哥，我會下去找你，再幫我最後一次吧。」

山風呼嘯，鬼影盤旋，延江宇伸手接觸面前動物靈。

明知結果，卻毫無怨尤。延江傾臨走前，是否也是這樣的心情？

生是一人來，死是一人走，既然孤身離去是必然，那麼，犧牲自己換得心愛之人的安好，豈不是件划算的事？

鬼影劃開皮肉，鮮血蜿蜒而下。他不後悔，不後悔。

延江宇斂目，聽見身後傳來溫沉的低笑。

「沒有問題。」

這不是他印象中延江傾的聲音。

延易說，太親近他的人都會死。他沒有反駁，因爲這是事實。

📱

林欣醒來時已經是隔日。她昏了一天一夜，此時天空早已放晴。

當時，眾人看她昏迷，慌慌張張地想送她下山去醫院。

沒想到車還在山路，林春水就通靈般打了電話來，「不用麻煩，找個人煙稀少的清淨地，睡幾天就沒事。」

於是，關依依找了間近山民宿，一連訂了五天的客房。

林欣迷迷糊糊地坐起，腦袋還有點暈。

床邊，延江宇在看書。他聽到動靜，轉頭確認林欣的狀態，確認沒事，便走去倒了杯溫水給她。

在門外的巫有津聽說林欣醒來，急急忙忙走入房內。

「心跳APP現在狀況怎樣？」林欣醒來，第一句話就問。

「已經……沒事了。」說完，巫有津還拿出手機讓林欣確認。

惹眼的紅綠配色消失無蹤，心跳APP已自動解除安裝，像完全沒出現過一樣。

但是，氣氛還是有哪裡不對勁。林欣抬頭看巫有津，他心虛地撇開頭。

巫有津試圖轉移視線壓力，默默看向延江宇，對方鎮定地回看。

「你們的表情……爲什麼這麼怪？眞的都解決了？」看兩人面面相覷，林欣總覺他們有事瞞她。

她朝延江宇伸出手，「那你手機借我看看。」

延江宇微笑，沒有動作。

這下就算巫有津想替他打掩護，也沒辦法了。

最後，還是巫有津頂著肅殺的氛圍開口：「那個……」他支支吾吾，「我們的APP都解除安裝了，上網看，其他人的也消失了。但是……」

巫有津講到快哭了，「不知道爲什麼，就只有江宇的程式還在。我剛問過依依，她也不知道爲什麼會這樣。」

沒有人知道怎麼辦，而事主本人看起來毫不在乎。

林欣搶過延江宇的手機，一看，下回的配對人選已經決定了。

對方從暱稱到自我介紹都是空白，虛擬頭像是一張沒有臉的漆黑剪影。

「只有這個人能選。」延江宇說得輕鬆。

林欣和巫有津都想不透，如果所有人的程式都已經解除安裝，那現在是誰在和延江宇配對？

他們都看得出來，延江宇心中有底，可他不想談。巫有津和他相識多年，知道他不想提的事，逼問也不會有結果。他表情失落，靜靜地退出房間，留空間給兩人。

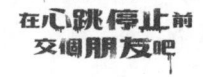

這次配對，死亡倒數是七天，比原定的七十二小時多上許多。七天，像極了給人處理身後事的天數，交代好一切，再安心上路。

「你明明說……」林欣攥緊手，「不會有事的。」

她當時意識模糊，依稀聽到這幾個字才放鬆神經，陷入昏迷。現在回想，山上就他們幾人，會對她說這句話的，也只有延江宇了。

「呦，居然還記得？」延江宇笑笑，「還以爲妳流血流到神智不清了。那其他的還記不記得？記不記得妳還說了很喜歡我，暈船勒戒所一點用都沒有？」

呃……這倒是眞的忘光光了。

「你不要轉移話題！」林欣瞪他，用力拍了一下床，可惜還沒什麼力氣。

「哪敢。小欣欣仙姑法力高強，我一介草民，怎麼敢在您面前裝神弄鬼？」延江宇作勢對林欣拜了一拜，在小仙姑又要發難前開口：「大家的程式都解除安裝了。這樣，難道不算沒事了嗎？」他嘴角弧度在不知不覺間抿平。

看著他平靜的表情，林欣到口的話又默默地吞了回去。

那你呢？你怎麼辦？林欣不知道要怎麼問，要延江宇在乎自己，跟要他喜歡人一樣困難。

幾天休養過後，林欣的身體迅速復原。

她嘗試和延江宇講道理，要他想想辦法，可對方回她：「最後這七天，我想看妳好起來。這樣就夠了。」

等林欣恢復得差不多，巫有津開車將四人送回市區。路途中，他故意挑求學時的趣事聊，就是不想在僅存的時間裡，再和延江宇起爭執。

在死亡邊緣走了一遭，林欣見街上人群熙攘、夜景繁華，竟心生恍若隔世之感。這個城市，朝氣蓬勃，到處都是鮮活的生命，熱鬧得讓人移不開眼。

那些璀璨的、耀眼的、美好的事，他們還沒有機會欣賞，怎能這麼輕易放棄？

一下車，她抓住延江宇的手，「我要跟你談談。」

「談？」陪她走回家的延江宇，沒想到小仙姑又忽然發難，不由得失笑，「談什麼？這幾天都談幾次了，還要談？」

不待林欣回答，延江宇搖搖頭，「唉，同一件事，別糾結那麼久。」他彈了個響指，「今天晚上有沒有空？」

林欣皺眉，戒備地看他，「要幹麼？」

延江宇被她的表情逗樂，他約人時沒被攏過幾次臉色，「說過要帶妳去看電影，一直沒機會。今晚剛好有空，請妳一場？」

林欣細細的柳眉絞得更緊，她是有事想談，但不是談情說愛。

延江宇笑她，「還猶豫呢。最近又沒有考試，能被我約的機會不多了。去不去？」

他眼裡閃過狡黠的光，「不去的話，我要約其他姐姐了。」說完還滑開手機，點了通訊軟體。

「去去去。」林欣講不過他，嘆口氣，「約晚點，我回去洗個澡，換件衣服。」

延江宇笑了，像詭計得逞的壞孩子。他放緩語氣，體貼地說：「休息一下，晚點去載妳。路上會冷，記得穿暖點。」

林欣依稀記得，臨死之際，牠不想留遺憾，似乎說了讓他騙騙牠也好之類的話。

不知他有沒有聽見……所以，他現在是在裝？

這是他過去哄女生的手段？雪兒就是被這話術騙走的？好狡猾，完全是個騙子。

林欣曾以爲，就算是裝的她也會滿足，可她現在發現不是。

原來她比想像中還要貪心，她放不了手，要眼睜睜看著喜歡的人赴死，何其困難？

眞的沒有辦法了嗎？林欣穿著簡單的毛織衣，雙手環胸，在遠離排隊路線的角落用力跺腳。

「可惡，怎麼會這樣？好煩！」

「煩什麼呢。」

延江宇手持兩杯爆米花，臂上還掛著手搖飲，取完電影票後走向林欣。

「餐廳替妳選好、訂好，問妳要看哪部電影也沒想法，飲料我幫妳選的，剛剛還負責排隊領票。」他笑了笑，「所有事都我在用，小欣欣仙姑還是不開心？」

林欣接過他遞來的熱飲，撇過頭，「當然不開心。」

「別這樣，笑一下？」

「不要。」

「妳以前很常笑的，現在變任性了。」延江宇露出苦惱的表情。

他想到之前林欣在圖書館的反應，忽然就起了戲弄的心。

延江宇很會拿捏和他人的互動尺度，怎樣的距離能讓人自在，怎樣算是親密，他瞭若指掌。

他彎下腰，貼近林欣，接著「呵」了聲，忽然側過頭，往她耳中呼口氣，嗓音低沉地說：「笑一個給我看嘛，小仙姑。不然我以後可能要沒機會看了？」

林欣以爲他只是要與平視，被他的舉動嚇一跳，飲料差點沒拿穩，怒嗔：「延、江、宇！你給我適可而止！」

「咦？小貓爪子利了。」延江宇眨眨眼，訝異的表情像演的。

他笑了笑，出口的話帶點感嘆，「妳沒叫過我名字，以前都只喊學長。」

林欣愣了下，沒想到這些相處細節，他都記得。

延江宇沒再鬧她，晃了晃手中票卷，「入場時間到了，進去吧。」

結果，林欣說電影給延江宇挑，他還眞的挑了部強檔鬼片。

林欣原以爲經歷了這麼多事，看個鬼片對她來說應該是小菜一碟。拜託，眞的鬼都遇過好幾回，這些假的算什麼——

「啊、啊啊、啊啊啊啊啊！」

才怪！完全不是這樣！

眞實的鬼才不會跟她玩Jump scare，鬼片製作人爲什麼都這麼惡趣味！

林欣摀住眼，從指縫間偷看，再次被貼近畫面的鬼影嚇到猛抽口氣，「呀！」座位旁的悶笑顯得很嘲諷。

林欣轉頭瞪他，可惜現場昏暗，斥責的視線成效不彰。

「別怕，這些都是假的，是人拍出來的東西。」延江宇注意到她在發抖，輕聲細語地說：「我在呢。」

聽到這句話，林欣心口隱隱抽痛，忽然就沒了看電影的興致。

延江宇今天說過不只一次「我的時間不多了」，雖然都摻雜在玩笑裡，但林欣聽得眞眞切切。

延江宇就算輕巧地帶過，也無法沖淡她揮之不去的擔憂。

她沉默片刻，聲若蚊蚋地問：「你會一直在嗎？」

電影裡的主角淒厲尖叫，她沒有聽到延江宇的回答。

這部鬼片是悲劇結尾，主角活下來逃出生天，但他的親友全都葬身鬼樓。延江宇常看恐怖片，對這種結局習以爲常。

離場音樂響起，片尾名單很長，這不是戰爭或英雄大片，林欣原以爲幕後人員會少一些，沒想到還是動員了不少人。

看電影的人稀稀落落地散去，沒有彩蛋，人們似乎就沒有看完片尾名單的耐性。

然而，延江宇還坐著，沒有起身，安靜地待在位子上，看人名一一捲過大銀幕。

「沒想到替身用這麼多。燈光組和我之前看的另一部是同組人，他們進步了。」

居然還有認眞在看片尾，不是在放空。林欣發現，延江宇是個會把別人的努力默默看在眼底的人。

現場的人越來越少，林欣想說些什麼，卻怕開口了，一切就會到此結束。

手中飲料早已見底，她低下頭，在心裡嘲笑自己的懦弱。

還在掙扎什麼？延江宇又不會因爲她多糾結兩秒，就改變回答。

「你……」

「妳想好再開口。」

明明連她含在口中的呢喃都聽得見，爲什麼剛剛不回答她的問題？

延江宇的視線終於從大銀幕上移開，他黑白分明的眸子映著銀幕冷光，透出一種不近人情的漠然。

林欣一咬牙，破罐破摔地問：「你一直陪我好不好？不用眞的喜歡我，用裝的也行。你同時要再找其他人也可以……別讓我看到她們就好。」

她以爲，延江宇聽到這種話，會送她一個嘲諷的笑容，請她快點死心。

可是，他只是斂下眼睫，安靜了好長一段時間，像在思考。

最後，他還是笑了。

是帶點苦澀的笑，沒有貶低人的意思。

「雪兒總說我器大活好，妳如果晚點問，我可能還可以帶妳去開個房間，別讓小仙姑這麼不食人間煙火。」

他接著問：「小欣，妳還記得，婆婆第一次見到我時，和我說了什麼嗎？」

「我那時以爲我要被婆婆丟掉了，根本沒在聽……只記得你說，跟著你會學壞。」

延江宇又被她的回答娛樂到。這樣眞好，她記下的都是輕鬆的片段，眞好。

或許他打從一開始就知道結局，林春水只是再次提醒他。

「妳婆婆說，解鈴還須繫鈴人。妳想，爲什麼就我這麼衰，載到的是有鬼的程式，在我前面載的人都沒事？」延江宇問。

「如果這個APP原先就是動物靈在主導，爲什麼程式是從五鏈幫開始蔓延？比起黑幫，牠們更想報復的，應該是不肖團體或動物販賣組織，但延易不是做這個的。」

林欣難以回答，她沒有延江宇這麼縝密的心思，沒想過這些問題。

「關依依是聽了牠們的話，擴大並散播這程式，但起源不在她。」

他拿出手機，「還記得關依依的說法嗎？早在動物靈介入之前，這APP就被人惡意入侵，動物靈才有操作空間。」

手機中的倒數計時一分一秒遞減，歸零時間在明晚。

延江宇把手機螢幕轉向林欣，「這就是起源。」

他語氣淡然，像是在闡述一件不值一提的小事，「我恨延易，但除了我，一樣有人恨他……至死不忘的入骨之恨。」

林欣盯著他的聊天視窗，原本全黑的人物頭像，漸漸出現模糊剪影。

那俊秀面容，鋒利眉目，竟是神似眼前人。

林欣看了看，呼吸逐漸沉重，「這我可以處理，亡者太思念親人，我也有遇過……」

延江宇卻是搖頭，他收回手機放入口袋，自嘲，「其實我是兄控吧。我和我哥說好，會下去陪他。」

他牽起林欣的手，紳士地在她額上落下一個蜻蜓點水的吻。

「林欣。」

林欣討厭延江宇這樣叫她，視線卻離不開那雙深邃勾人眼眸。

「對不起，我不能愛妳。」

第八章　靈體與妳，海與黎明

饒是延江宇，此刻都難以再泰然自若地和林欣相處。

幕後名單一播完，工作人員進來收拾。

「我送妳回家吧。」

林欣沒有拒絕。

他送林欣到租屋處巷口，回家的路上心血來潮，去便利商店買了幾瓶烈酒。自從認識林欣，延江宇好一陣子沒碰酒了，大概是被不菸不酒的小仙姑潛移默化。

他從很小就會喝酒，全都是在幫裡練出來的酒量。就算喝到爛醉，他的神智依舊能維持一絲清醒，大概是記掛著仇家終有天會找上門，有點理智在，屆時才不會連逃命都忘記。

脫離五鏈幫後，他仍常陪朋友喝酒，因爲他覺得酒局有趣。

「酒後吐眞言」多半是句眞話，不少人幾杯黃湯下肚，言談就毫無顧忌。

延江宇不會說自己的事，可是他喜歡聽，聽別人情情愛愛的青澀八卦，聽最近誰又在單戀誰、誰又告白被拒……彷彿聽多了，以前深陷黑暗的日子，就能被這些無關生死的故事替換。

到家後，延江宇洗完澡，一個人坐到陽台開酒。

現在他一個人在這，又沒故事可聽，那是爲了什麼喝酒呢？

延江宇不是小酌，現在擺在他手邊的盡是高濃度烈酒。

他想，多少還是會恐懼吧。

雖然昏厥過不少次，可他又沒眞正死過，心裡還是會怕。

更何況，延江宇也不確定「他」會不會給他一個痛快，說不定會想把他玩到死。在他印象中，繩圈圈的哀號持續了一段時間。

結果都是死，但延江宇看過延易對人動用私刑，折磨至死和死得痛快，兩者概念截然不同。

如果是延江傾，肯定捨不得讓他痛太久，但如果是「他」，延江宇就不確定了。

延江宇本以爲「他」就是延江傾，爲了報復五鏈幫，才會侵入用來拐人的心跳APP。冤有頭債有主，以延江傾個性，他想毀掉的應該只有延易這個分支，不至於放任動物靈滾雪球，把事情毫無限制地鬧大。

更別說，「他」動起手來嗜血殘虐，一點也不合延江傾作風。

延江宇猜，那或許是以他哥的魂魄爲心骨，因痛恨延易而匯集在一起的怨靈吧。

所以，「他」才會本能地想保護延江宇。

灌完第二瓶伏特加，延江宇思緒有點遲鈍。他想，不如乾脆去睡一覺，又覺得最後的時間這麼寶貴，一睡了之有點浪費。

他從口袋拿出手機，點開通訊軟體，看到幾則未讀通知。

撇去幾則「哥哥約嗎」之類的邀請，沒有其他訊息。林欣回家後就沒再傳任何話給他，身邊好像也沒多少人知道他這陣子發生的事。

延江宇又仰頭喝去半瓶酒，一手滑著訊息，笑了笑，感覺有點悲哀。平時被一群人拱在中心，到底都是些酒肉朋友。換作他哥，肯定不會把生活過成這樣。

他點開和巫有津的聊天室，稍早對方傳訊關心他，延江宇讀了還沒回。

延江宇放下酒瓶，三瓶全空的烈酒酒瓶擺在地上，現在的他有些站不穩。

他盯著聊天室，認真地想，認識快十年的朋友，最後該留些什麼話給他？

「我沒事，就是想一個人待著。這次幫你解決心跳APP這麻煩，沒吃到飯有點虧。」

延江宇發出這則訊息後，覺得也太好笑，都快死了還在想吃飯，像個大吃貨，不知道死後會不會變成餓死鬼？

「這幾年謝謝你了，很會挑餐廳。小時候在組織裡窮，沒人愛的小孩吃的都是大鍋飯，不會餓死就好。你請的，都是我不會吃到的菜色，很好吃。」

他浸到酒裡的腦袋想了想，延易那時說巫有津沒人疼時，他眼中有一閃而逝的茫然。

「延易就是個垃圾，他亂講的話你別聽進去。你家不讓你碰家業是好事，你可以快快樂樂，過自己想過的生活。當時，我是騙林欣的，我怎麼可能不開槍？再重來一次，我還是會爲了救你，做出一樣的事。」

他不後悔當時開槍，也不後悔在山崖救下林欣，雖然面對林欣的逼問，延江宇總回以謊言。他演技在線，心口不一幾乎能算是他的專長。

延江宇想，這段感情以遺憾作結，大概也是他的報應。

他希望，巫有津不會跟他一樣。

「對依依好點。我是個壞榜樣，千萬別學。」

補上這句，這樣，好像該說的就都說的差不多了。

現在時間凌晨三點，巫有津沒馬上讀他的訊息是正常的。

他按熄手機螢幕，繼續喝酒。

夜風很涼，延江宇衣服穿得不多，卻因爲喝酒而燥熱，不覺寒冷。

他喝到頭暈，在陽台趴著睡著，迷迷糊糊間醒來，發現三瓶酒空在腳邊，太陽穴隱隱作痛。

大概是被風吹到偏頭痛了。他想。

腳邊還有瓶酒沒開，他拖著蹣跚的步伐，把最後一瓶酒抓在手中，打算回室內喝完就倒頭大睡。

沒想到，他一坐上床，手機就響了。

延江宇揉揉眼睛，在黑暗中把螢幕湊近眼前。

因爲酒精，他動作變得遲緩，來電顯示在眼中模糊不清。他看上幾秒，腦迴路終於再次串起。

巫有津？他看向手錶，凌晨四點多，這個時間打來，是因爲看了他的訊息？

響鈴讓他酒醒了一半，延江宇有點猶豫是否接起，他覺得他已經沒什麼話好跟巫有津說的了。

手機響了又停，停了又響，響到第三輪時，延江宇嘆口氣，還是忍不住按下接通。

他沒等對方先開口，哼笑了聲，「我話、話……都說那麼明了，你不會還堅持要跟我十八相送吧？最後這段時間，讓我靜靜。掛了。」話語中還有些醉意。

延江宇說完，打算掛下電話，巫有津卻很大聲地吼了他一句。

他沒聽清，又聽對方吐出一大段話。

他聽完，酒也醒了。

延江宇沉默好久，開口，聲音隱隱不穩，「現在有誰在？」

「就只有我。林婆婆人在山上，下來要時間。」

「……我過去。」

他掛斷電話。

延江宇到醫院時，只有巫有津人在急診室門外。

「你來了。」巫有津抬起眼皮，看到他的模樣，皺起鼻子，「你這是怎麼回事？」

延江宇喝太多酒，即使巫有津離他有一段距離，還是可以聞到濃烈的酒氣。

「不知道。怕疼吧。」

延江宇回答得不知所以，巫有津當他是醉到意識不清了。

「肇事者逃逸，別人發現報警的。醫院通知林婆婆，但她人在山上，下來要時間，只好先拜託在市區的我來看看情況。」巫有津的表情很疲憊，「你們晚上不是去看電影了嗎？怎麼你好好回家了，她卻出車禍？」

延江宇搖搖頭。

他都送林欣到巷口了，除非一輛卡車撞進她家，還騰空撞到樓上，不然不可能會出車禍。

但他沒多做解釋，只問：「現在情況怎樣？」

「不清楚。我看醫生們忙東忙西，怕打擾到就沒去問。」

延江宇點頭，走去巫有津身旁坐下，靜靜等待，沒有說話。

幾分鐘過去，巫有津打破兩人間的沉默，大嘆了口氣。他現在不只要擔心林欣，更要擔心身旁這個在倒數死期的活人。

他知道延江宇酒量是出名的好，從他們認識以來，他幾乎沒看過延江宇喝醉。喝成這樣，是灌了多少酒？

「延江宇，你清醒點。」巫有津忍不住，雙手按上他的肩頭，「你振作點！至少撐到小欣醒來再去死。」

延江宇眨了幾下眼，拿出手機，倒數時間剩不到二十四小時。

他撥開巫有津的手，呼吸變得沉重，酒精不知是否仍在發揮效用。

眞是荒謬又淒涼，事情到底爲什麼會變成這樣？他癱向椅背，勾起慘然的笑，「這個可能不是我能決定的。」

聽到這回應，巫有津甚至想甩他一巴掌，看能不能把這虛度光陰的爛貨打醒。

看出朋友氣到不想和他講話，延江宇垂下眼簾，幾秒後改口。

「我會盡力。」

當醫生從手術門後走出時，時間又過去數小時。

巫有津率先上前詢問情況，而延江宇坐在長板凳上，還沒聽到回答，就從醫生的表情中得知，是壞消息。

醫療體系的人見慣生死，說話雖然委婉，但不會含糊其辭。

延江宇人坐得遠，他不用聽清全部的話，也能從零星的談話抓到關鍵——林欣很有可能不會醒來。

結果，延江宇還是被巫有津搧了一巴掌。

巫有津詢問醫生林欣的情況，還沒聽到最後，長椅那就傳來歇斯底里的低笑。

他轉過頭，只見延江宇單手摀住眼，微彎著身，笑到整個人都在發顫。

無法克制的細碎笑聲自唇縫溢出，似瘋人囈語，更似難以辨明的低泣。

巫有津禮貌地打斷醫生的話，「抱歉，我去看一下我朋友。」

他走到長椅前，笑聲仍未止歇。他停頓，喊了一聲：「延江宇。」

對著醫院地板發笑的人充耳未聞。

啪！

清脆的掌摑聲在長廊響起，幾個不相干的人往他們的方向看了一眼。

巫有津放下手。比起林欣，他和延江宇更為熟識。兩邊狀況都不好，但延江宇這副模樣，更讓他厭惡和心痛。

「延江宇，這邊還有個人躺在裡面，不需要再多一個發瘋的人。」

他看不出延江宇有沒有被打清醒，但至少，他是安靜下來了。

延江宇靜默一陣，緩緩抬頭。他雙眼通紅，細密的血絲似荊棘蔓生眼白。

他睜著空洞的眼問：「林婆婆什麼時候會到？」

「可能再一、兩小時，不確定。」

「你也從半夜待到現在了，回去休息吧。」延江宇拉著他的手起身，「後面我來顧就好。」

巫有津以爲，他會醉到連走路都不太穩，但延江宇只是腳步有些虛浮。

他抓住延江宇，拆穿他故作正常的模樣，「你現在這副德性，我怎麼可能——」

「最後一次了。聽我的，回去吧。」

延江宇語氣平淡，「我不想讓你看見我最後的樣子。」

他拿出手機，把倒數計時的畫面轉向巫有津，「歸零時間在今晚十點多，距離現在還有十三個小時。」

延江宇的眼中沒有光，只有漠然與接受。看他這樣，巫有津忍不住撇過頭。

「我會在這等林婆婆來。巫有津，這幾年很謝謝你，我很高興能有你這個朋友。」

巫有津只能嘆氣，他到底還是被說服了。

延江宇目送他離開，走上前聽醫生說完接下來的事宜。

林春水到醫院的時候，林欣已經從急診室移到加護病房。

她走進加護病房，看到只有一面之緣的延江宇坐在床邊，神情憔悴得像是隨時會暈厥猝死。

會是這副鬼樣，其實不能怪延江宇。他超過一天沒有休息，中間只因酒醉睡了不到一個小時。但酒精對他的休息沒幫助，反而讓他的模樣變得更糟。

他聽見開門聲，回頭瞥了一眼，低聲喊：「林婆婆。」

林春水拄著拐杖，一步一步移動到病床邊。

林欣白淨的臉蛋被紗布層層裹起，身上纏滿繃帶，點滴裡的液體一滴滴流入體內。

那閉起眼的面容，平靜祥和，林春水心疼地摸摸她剃光頭髮的頭，「原本就不太聰明了，現在這樣撞，會不會眞的變笨蛋？還有她的臉，唉唷，我們小欣一直都很寶貝她的臉皮，小時候還以後自己可以靠臉吃飯。雖然我早說她沒這天分啦！但半邊臉撞成這樣，就算好了，肯定還是會留疤。」

林春水心中難過，但她鬆垮眼皮下的目光滿是慈愛，她看見林欣，「等她醒來，八成會哭死。」

她收回手，轉頭看向延江宇，拿起拐杖輕敲了下他的頭，是不會疼的力道。

「我們小欣一難過，就回來找我討拍。害我這老婆婆七老八十的，還得當你們年輕人的垃圾桶！」說完又敲了一下，隻字未提車禍的事，全無責怪。

延江宇原想和林春水道歉，但她老人家的笑容太和藹，他開不了口。

他低下頭，像個犯錯的孩子，不敢直視對方，「婆婆，您是不是一開始就知道會變這樣？如果早知如此，我無論如何，都不會和巫有津上山拜廟。」

巫有津已經夠樂天了，沒想到林欣更誇張。林欣對命緣娘娘極度虔誠，就算遇到挫折，她還是會相信這是娘娘替她安排好的路，毫無怨言，繼續向前邁進。

在渡化動物靈時，延江宇也幾乎要相信神明的存在。可是現在，他覺得這全部都是場笑話。

「天上神明，眞的會看顧崇敬祂的人？」他發自心底感到納悶，「那爲什麼林欣會變成這樣？爲什麼我在乎的人，都一個個因我而死？」

林春水垂下眼角，拿起拐杖，又敲了他一下，這次力道明顯稍微大一些。她像在教訓講不聽的小孩，「在說什麼，小欣還活著！猴死囝仔，不要烏鴉嘴。」

延江宇終於抬頭，他維持這姿勢好一段時間，像是被敲傻了。

「婆婆，您爲什麼不阻止小欣？」他倏地站起身，握住林春水手腕，「您一定有辦法，爲什麼要袖手旁觀？」

出口的疑問，是延江宇平時說話的音量，卻讓聽者沉重得喘不過氣。

林春水白髮蒼蒼，佝僂拄杖。她閉上眼，歲月讓她的皮膚變得黯沉，一條條皺紋在眼睛周遭陷下。

她在高 的男人面前重重嘆氣，「這是小欣的選擇啊！我是個老人，管不動了。」

她頓了頓，「婆婆也沒你們想得這麼神通廣大。我們這些做神靈載體的人，看不到自己和親近之人的命。看越多，顧慮越多，所以神明不讓看。」

林春水也是凡人，只要是人，就離不開七情六慾、生老病死。在接到醫院通知的當下，她憐慈的心就被刺了根針，只是她用手一直摀著，才沒讓悲傷流出皮囊。

「我當時只知道小欣是你的福星，也不知道她會變這樣啊。」

福星？延江宇默默鬆手，他這陣子帶給林欣的快樂寥寥無幾，傷害她的事倒是做了不少。

林欣是他的福星，讓他在死前正視自己過去傷了多少人。然而，他是林欣的災星，害一個樂觀向上的好女孩腦袋抽筋，沒事跑去被車撞。

林春水又和林欣講了些話，都是些日常小事，也沒提「妳要快點醒來」之類的話，好像林欣真的只是睡得比較熟，而不是重度昏迷。

後來，到了晚上七、八點，林春水在病床邊打瞌睡。她拄著拐杖起身，打了個大呵欠，「老人家熬不了夜，先回去睡了。」

延江宇看她說離開就離開，難得面有難色，「但是……」

「但是什麼？我明天會再來看小欣，又不是要丟掉她。」林春水恨鐵不成鋼地看了他一眼，「不要這麼中看不中用，連一個晚上都顧不好！」

她彷彿早就看透延江宇的顧慮，說完沒有停留，緩緩往門邊移動，「我走啦。唉唷，坐整天，腰痠背痛……」

關上門，室內靜得只剩儀器運作的規律聲響，和極其輕淺的平穩呼吸。

延江宇今天維持最久的姿勢，就是像現在這樣，沉默地看著林欣。

林欣滿容易害羞，以往延江宇若要逗她，會故意撐著頰，不動聲色地盯著她看。林欣發現時，爲了藏住慌張，會若無其事撇過頭。這模樣十分有趣。

可是，他今天看她好久了，林欣還是什麼反應都沒有。

「搞不懂，妳爲什麼這樣做？」

晚上的病房很安靜，延江宇相信就算是輕聲細語，林欣也可以聽見，「殉情嗎？那好歹也是我先死，現在這樣算什麼？」

延江宇語氣嘲弄，但他意外發現，自己居然在哽咽。

「我們又沒有好成這樣。林欣，妳自作多情啊。」

他知道林欣討厭他叫她「林欣」。在延江宇面前，她就是個藏不住表情的小妹妹。

延江宇嘆口氣，輕握起她包紮嚴實的手，閉上眼，「小仙姑，我都要離開了……妳快醒來好不好？」

自從延江傾死亡後，他再也沒這樣脆弱的祈求過。

「時間到。」

可惜，直到死亡倒數時間歸零，林欣還是沒有回應他的話。

時間一到，手機螢幕馬上跳出提示框，但沒有像上回一樣響個不停。

延江宇有一瞬間，以爲是奇蹟發生，但他很快就知道手機沒響的原因。

因爲，「他」分秒不差地出現了。

令延江宇意外的是，他這回看見的，不是以往會攻擊其他靈體的朦朧黑影，而是確確實實、他記憶中的延江傾——有一雙溫柔眉眼，勾起淺淺笑意的哥哥。

除了身體有些透明，對方完全就是延江傾生前的樣子。

以往，他還需要仰頭看延江傾，但現在，他已經可以和他平視了。

延江宇愣住，他有股衝動，想就這樣牽上對方朝自己伸出的手。可是，他一低頭，昏迷不醒的林欣映入眼簾。

他抹了把臉，抑制住尋死的衝動，啞著嗓問：「哥，你能不能……再多給我一點時間？」

有那麼一瞬間，延江宇好像捕捉到了靈體的幽怨與難過——苦苦等待卻被背叛，彷佛一把利刃刺入心口。

他連忙加上允諾，「再等我一下就好，我一定會去陪你。」

「爲什麼？」靈體斂下眼，「我等你好久了，這麼多年……」

「我、我現在……」

但對方不想再聽解釋，自窗邊緩緩逼近，眼神陰沉莫測，「不行。出爾反爾不是好習慣。延江宇，你現在就得跟我走。」

「他」的態度很強勢，延江宇挪步後退，五指握拳背在身後，指甲狠狠刺入掌心。雖然會一些拳腳功夫，但延江宇心知肚明，這點伎倆在對方面前完全不夠看。更別說，就算對方是已經變調的魂魄，他也無法對頂著延江傾容貌的「他」下手。

「不行，她現在這樣子……」他看向林欣，「我走不了。」

靈體聞言，眼神變得更加晦暗，那雙漆黑的眼，是會吞噬一切的空洞。

「他」搖頭，發出嘶啞的多人合聲，「不行。」

「哥，我拜託你——」

「不行！」

「他」被延江宇的哀求給激怒，一手掩住臉，五官扭曲變換，無數面孔交疊錯置。延江宇看到好幾張皮融合在一起，他們血肉模糊、五官毀損，女人、小孩、青年、老者，面孔幾番輪轉。

這些人唯一的共通點，是那雙飽含怨懟的眼睛。

怒火無法熄滅，怨魂們異口同聲，「那我們當初就走得了嗎？」一個燒傷半邊臉皮的中年人嚎啕大哭，「我家還有孩子在等我回去啊！」

下秒，又換成一個尖細嗓音，「爸爸、媽媽——」

靈體搖搖晃晃地逼近，在觸碰到延江宇之前，又變回那張溫和熟悉的面孔。

「他」手指抵額，再次抬眼時，滿腔惱怒盡數收抿，眼底只餘哀傷。

延江宇簡直要窒息，濃烈的哀淒充斥病房，他感覺他就要在這裡滅頂。

「江宇。」

那聲音很輕，輕得讓人以為「他」隨時會如煙消散，「跟哥哥走……好嗎？」

延江宇移不開腳步，光是與對方注視，他就覺像遭人緊掐咽喉，難以動彈。

「現在不行，我真的……」

他凝視那雙深邃的眼，胸口一緊，雙膝落地。

「哥哥，我求你、求求你好嗎？」

即便是遇上敵對幫派，或被延易折磨得生不如死時，他都沒有這樣無助地求過人。

延江宇從不知道自己能發出如此沙啞的聲音，「當年是我的錯。哥哥、哥哥……你這麼疼我，再讓弟弟任性一次好不好？」

延江宇跪著抓住對方的手，如此透涼，冰冷得讓他全身泛起顫慄。

「不行。」

延江宇感覺呼吸逐漸困難，是被掐的。

那靈體已經不是延江傾，理智點想就會明白，怎麼哀求都不會有一絲僥倖。

「江宇，跟我走……這裡沒有值得你留戀的人。」

「他」反握住延江宇蒼白的手，像掠食者叼住沒有反抗能力的幼獸。

延江宇不僅沒力氣抽回手，連要開口拒絕都只能發出喑啞的嗚咽。

他被拖往窗邊，醫院的綠窗簾悠悠飄蕩，窗戶在不知不覺中被打開，夜風沁涼。

延江宇想回頭看林欣最後一眼，卻發現全身乏力，連根手指都動不了。

倏然，有股力量從屋內拉住他，一道悅耳的女聲打破沉默。

「放開他。」

靈體轉回頭，鬆開延江宇的手，面露嫌惡。

一脫離怪力箝制，延江宇循聲回望，看見一個嬌小身影。

她臉部紋滿繁複朱文，延江宇看不清對方現在的表情，卻能感受出那人一身超凡氣息。

「林欣？」

不對，不是林欣。延江宇看向病床，林欣的軀體還好好躺著。

是和繩圈圈一樣的情形？但是，當時繩圈圈已經……

延江宇忽然想起，他曾因爲好奇，問過林欣神靈附身的感覺——

「該不會一次都沒成功過吧？」

他出言調侃，「全都是裝出來的？」

「才沒有！」

林欣氣得想踩他一腳，但她腿太短，對上敏捷的延江宇完全是自討苦吃。

她思考一陣，模糊地形容，「有點像靈魂出竅，命緣娘娘借我祂的眼睛，讓我能看見別人的命。」

她有些洩氣地捧起臉，悶悶地說：「只不過，我學得不好……很容易被肉身拉回去。婆婆比較厲害，她有時還能借到命緣娘娘整個人呢！如果沒有軀體限制，我一定也有機會辦到吧？」

過往片段閃過腦海，延江宇看向款步而來的女子。

祂的一顰一語盡顯雍容，氣質高雅沉靜，似潭幽池。

女子長嘆，話中流露悲憫，「人間怨鬼橫行呢。」

祂步伐婀娜，一步一步走向延江宇，視線直直望向他身後。

走過延江宇身邊時，祂一手遮住他的眼，溫和語調不怒自威，「不要回頭。」

祂站定在延江宇身旁，「強取人命，無視因果……本來還想睜隻眼閉隻眼的。看來是沒辦法了，我的小仙女來求我呢！」

女子莞爾一笑，聲若風鈴，「小孩，這些人讓姐姐帶走。他們不是你哥，別亂認親。」

祂笑容和煦，恰似春暖。那隻手蓋住延江宇的眼，替他遮去身後所有不幸。

延江宇被定在原地，明明只有視線被阻，他卻覺連聽力都被剝奪。自從女子出現，他再也聽不見「他」的聲音。

漆黑中，祂化煙消散，留下溫暖的祝福。

「孩子，天上神明萬千，總有一個會看顧憐惜你。」

不知道時間過去了多久，延江宇眼前一片白茫，好一陣子才隱約能見病房模樣。

他揉揉眼睛，發現身體能動了。

眼前沒有紋滿朱文的女子，他往後再看，也已不見靈體蹤影。

「晚安。天亮之後，都會沒事的。」

夜風捎來神靈寄存的話，聞言，他全身力氣盡失。

濃烈睡意急襲而來，延江宇一闔眼，意識斷線，癱倒在窗邊。

再次睜眼，延江宇發現自己躺在細碎的白沙上。

遠方浪潮一波波打上岸，規律的海聲，讓他安心地闔起眼皮，睏意悄然湧上。

迷迷糊糊中，他感覺有人坐到身邊。是過去無數夜裡陪伴著他的氣息，讓他不由自主地放鬆了心情。

恍然間，他彷彿回到還可以依賴哥哥的歲月，連動作都變得胡鬧。他明明累到不行，眼皮也沉重得睜不開，卻還是想抓住身旁的人。

「別鬧了。」那人寵溺地伸出手，聲音有點無奈，「手給你抓著，快睡。」

「哥，我好想你。」延江宇緊握那隻溫暖的手，恨不得牢牢扣在懷中。

「再等等我……等我，再一下就好。」他把那隻手按在心口，「我一定會去陪你。」

延江宇能感受到自己的心跳，他把哥哥的手放在心上，這樣，延江傾一定就能感受到他的心意。

在潮音陪襯下，他聽到了灑脫的輕笑。

「我不用你陪我。哥哥只要你活得好、過得幸福，這樣就夠了。」

隔天，延江宇是被醫護人員喊醒的。

護士早上巡房，看到有人倒在地上，還以爲這間病房要再多放一床。

延江宇清醒後沒什麼大礙，醫生說是太久沒休息才會體力不支，睡個覺就沒事了，連點滴都不需要打。

林春水大約中午時到醫院，她讓延江宇回家好好休息，之後再來和她換班。

就這樣，一天、兩天、三天……他們輪流照顧林欣，偶爾巫有津也會來幫忙。

倒數歸零的那天，延江宇手機上的心跳 APP 就自動解除安裝了。巫有津聽到這消息，感動得痛哭流涕。

「林欣眞的是人間天使，天上掉下來的幸運欣，你這傢伙之後一定要好好對她。」巫有津感嘆。

延江宇笑笑，「那你告訴她，她先醒來，我才有機會對她好。」

但是，一週過去了，林欣生命跡象穩定，卻依舊沒有清醒。

林欣休學了。

延江宇如今生活模式，幾乎是學校和醫院兩點一線，史無前例的規律。

他大多時間都在照顧林欣，偶爾去學校上課、考試，再接個打工或家教幫忙分攤醫藥費。

延江宇把手機裡所有交友軟體都刪除了，但由於長相太惹眼，即使他平時上課會將口罩戴得嚴嚴實實，一雙勾人眼眸還是吸來不少桃花。

巫有津和雪兒一致評價，他那外貌，根本是天生禍水。

他有回聽完，忍不住自嘲，「確實是禍水。如果不是這張臉，小欣可能不會躺在病床上。」

從此，沒人再拿這詞形容他。

林欣陷入昏迷的頭幾個禮拜，所有人都還是抱持希望的。延江宇甚至記得，命緣娘娘有跟他說「一切都會沒事」，所以他一直心懷期待。神明都如此允諾，林欣也積了不少陰德，絕對有機會醒來。

他知道林欣和雪兒相處得不錯，有通知雪兒她昏迷的事。

雪兒平日要上班，只好趁著假日來探病。她帶了束向日葵，明艷的黃，把醫院清冷氣息都點綴得光明了些。

延江宇直看著那束花，側過頭，眼神沒有聚焦，像在回憶。

「幹麼？」雪兒看他這模樣，怪聲怪氣地問：「延大帥哥看這束花不滿意？」

「沒有。挺會挑的，只是……」延江宇撐著頭想，「我記得醫院探病，向日葵是戀人在送的，怎麼想都不是妳送才對。下次帶康乃馨來就好。」

「啊？規矩這麼多？」雪兒擺了擺手，「我又不會跟你搶林妹妹，不要跟我吃這種醋。」

她走到林欣身旁，和她閒話幾句，然後從袋子裡拿出一個保溫盒。

延江宇緊盯她手中鐵盒，如臨大敵。

雪兒廚藝如何，他是領教過的。他不敢想像，這道菜如果是出自雪兒之手，那究竟能不能吃？

「又幹麼？」

「沒幹麼，就確認一下妳帶的食物不會毒死她。」

雪兒聽了大笑，「毒林妹妹？」她把保溫盒遞到延江宇面前，「毒你比較實際。放心吧，探病，我還是有點自知之明。」

「是外頭賣的滴雞精，我加熱帶來而已。」雪兒補充。

她蓋上保溫盒，見林欣神情安詳，像沉浸在一場美夢裡。

雪兒好歹出了社會幾年，見過形形色色的人，多少有點眼力。她原以為延江宇劣根性這麼強，不可能一直守著林欣。

「你也有這天！」雪兒不由得調笑，「想不到啊，浪子回頭金不換？」

「沒辦法，我在還債。」延江宇看著林欣，「命緣娘娘都紆尊降貴拉我一把，得對祂的小仙女好點。不然哪天一不小心被神明記恨，我豈不虧爛？」

「說得有道理。唉，她不容易。」雪兒長嘆口氣，看向延江宇，「你也不容易。」

她把帶來的食物、補品都塞進他手中，「你也顧一下自己。這些是給你吃的，沒下毒，包裝全新未拆。照顧病人很費心力，你瘦這麼多，要怎麼顧好林妹妹？」

雪兒離開前，拍了拍延江宇的肩膀，「天憐有情人，會醒的。」

延江宇沉默一陣，和她說了謝謝。

他最近在想，說不定經過歷練和智慧累積，神明眼中天秤早就與凡人不同。現在這情況，或許對命緣娘娘來說，已經是比不少人還要美好的結局。

神明待他已然彌足寬容，就是苦了林欣。

這段時間，林春水也下山來看過林欣不少次。

老人家看得很開，說這些都是因果，是小姑娘選擇的，她管不著。

「我之前就發現，小欣這陣子是叛逆期，講不聽的！」

幾個月過去，林春水對延江宇的態度始終未變，即使林欣遲遲未有甦醒跡象，她也沒責怪過誰。

這樣的體貼與諒解，反而讓延江宇更過不去心裡愧疚的坎。

他好幾次想要道歉，但林春水都像是有讀心術一樣，先一步打斷他的話。

久了，延江宇也就知道，林春水並不需要他的道歉。她沒把這一切當成延江宇的錯，而是林欣的歷練。

「謝謝您。」道歉說不出口，延江宇只好轉而感謝。

「有什麼好謝？」林春水掏掏耳朵，「昨天的清蒸魚好吃吧？婆婆的拿手菜，小欣從小吃到大。」她自信地拍兩下胸膛。

延江宇從小沒吃過長輩煮的菜，這些家常小菜吃起來格外窩心。

他眼睛微微彎起，斂去過往輕浮，笑得像個鄰家男孩，「當然好吃。婆婆，真的很謝謝您。」

當初趾高氣昂的小子終於學會謙卑，林春水很滿意。

令她老人家更滿意的是，延江宇長得上相，頭腦又好，居然想到請關依依用網路協助推廣命緣娘娘的小廟，自己則當起廟方宣傳人員。

網路消息散播得快，延江宇又是一等一的會說話，命緣娘娘被這麼一吹捧，林春水忙到連下山的時間都少了。

這下，廟裡終於不缺香火，她老人家整天笑吟吟，露出一嘴健康白牙。

命緣娘娘信眾多了，但是，林欣還是沒有醒。

後來，延江宇一路罩著巫有津學業，終於讓這位公子哥領上張像樣的文憑。

巫有津畢業後，選擇回去幫家裡弄些正經業務，學習整理報表、調派人力。

感情也順順利利，他和關依依平時的相處模式，就是貓狗能收買關依依，關依依又能制伏他。雖然身處食物鏈最底層，但他並不介意。

關依依性格清奇，她有時來找林欣，會拿張板凳，坐在病床旁講動物的事講上一整天。這時的巫有津會顯得特別輕鬆，好似忙裡偷閒，難得清靜。

延江宇笑問：「怎麼，你每天聽，現在聽膩了？」

巫有津反駁，「這不是膩，人家是好話不講第二次，但依依好像沒有算數觀念？我已經聽五六七八次。太多，實在太多了……」

女友愛動物勝過愛自己，是巫有津目前的困擾。

「還嫌呢。」延江宇視線看向病床，笑著提醒，「注意點，我想聽還沒得聽。」

雖然延江宇現在待人溫和許多，但骨子裡還是不好惹。巫有津看他一笑，識相的嘴巴閉閉。

末了，又忍不住嘆氣，「唉，江宇，你真的不考慮找個正職工作嗎？」

巫有津接著說：「以你的頭腦和能力，不可能找不到吧。別整天守著小欣，恐怖情人似的。」

巫有津裝怕，看了延江宇一眼，還故意坐遠，「你平常多看我兩眼，我雞皮疙瘩就要起來了。如果被看一整天，我是想都不敢想。」

延江宇撐著下顎，陪演般多凝視了巫有津幾秒，然後自己先忍不住笑場。

他走到窗邊，看向醫院外頭的人工草皮，「看到她怕，那不是就該醒了嗎？」

「太偏激了吧？真的是恐怖情人？」巫有津不敢相信自己聽了什麼。

延江宇是說不太動的人，但好不容易解決了事情，巫有津真的希望對方能好好考慮自己的未來，「你也不能一直靠我養，林欣如果醒著，肯定不想看你這樣虛度光陰。」

你不是林欣，要怎麼知道她的想法？

延江宇話未出口，就又想到，他以前似乎也說過一樣的話。

「我想……我若是你哥，肯定不希望看你難過這麼久。」

「妳又不是我哥，怎能知道他的想法？」

「他如果眞的愛你，肯定是希望你過得好好的。」

這樣想來，這些話，似乎都在那個如夢似幻的白沙灘上應驗了。

自從他解開和哥哥的心結後，他也沒有再看見過其他髒東西。

「嗯。」延江宇想完，收回到口的反駁，「你講得對，小欣不會想看我這樣。」

他低頭沉思，再次看向巫有津時，眼中閃爍著狡猾的光。

「巫有津，你有沒有興趣做個投資？」

巫有津渾身細胞都在叫囂著「快逃」，但他還是努力壓下恐懼，戰戰兢兢地問：

「投……投什麼資？你又不看股票？」

延江宇笑得燦爛，「投資我。」

他是磨平稜角了，但臉皮依舊很厚。他誠懇地問：「你再養我幾年怎麼樣？」

巫有津看著他，一臉「你在供三小」的表情。

其實延江宇有收入，但巫有津若和他一起吃飯，時不時還是會幫出點錢，讓他省點餐費，有閒錢照顧林欣。

延江宇被他逗樂，說出打算：「我去重考醫學系。以後當了醫生，免你醫藥費，還能幫你牽線醫療事業。」

巫有津以為他在鬧著玩，沒想到延江宇還眞的一邊守著林欣，一邊準備重考。在準備重考的期間，除了讀書，延江宇還培養了幾項無關緊要的興趣，比如畫畫。

他受雪兒啟發，開始會買花束來病房擺。後來，他覺得擺一束花實在沒什麼意思，還不如自己畫，想畫什麼花就畫什麼。

林欣喜歡畫向日葵，靈魂繪手等級。因此，延江宇第一幅畫，畫的就是她當初畫在綁帶上的那朵向日葵，模仿得惟妙惟肖。

他沒學過畫畫，坐在醫院裡無聊，讀書讀累了就找教學影片來看，偶爾直接臨摹。

巫有津有次來醫院探病，看到延江宇的畫，直呼「上天眞不公平」。延江宇人長得好看，書念得好，現在連藝術領域都一手包辦，下個是不是想當音樂家？

「沒這麼厲害。」延江宇還在謙虛，「我模仿的是皮而已，藝術家畫的是靈魂。」

隔年，延江宇錄取醫學系，還是國立的，運氣實力兼具，巫有津嫉妒到牙癢，當眞是醫牙電資爽塡的頭腦，他這投資，絕對不可能虧。

考上醫學系後，大一新生們玩社團的時間，全都被延江宇拿來和林欣說話。病房裡的花畫每週穩定更換，向日葵最常出現，偶爾也會有紫羅蘭色的薰衣草，或是嬌嫩的百花王牡丹。

醫學系課業繁重，升上大三後，延江宇畫畫的時間少了，經常半夜讀書，還會在病房內背專有名詞給林欣聽。

他也會分享最近聽到的醫學新知，像是種鼓勵，說服林欣不要放棄。

昏迷二十年的人都有可能清醒了，三年算什麼？

這天，延江宇依舊坐在床邊，翻著厚厚一疊共同筆記。

期末考一科接著一科來，每科還只有一學分，一次考試定生死，搞得所有人都拚了命在讀，生怕一個不小心，因考試不及格而留級，大學再多讀一年。

延江宇讀到眼睛疼，放下筆記，揉了揉眼。他怕吵到林欣休息，所以只開小夜燈。

恍然間，他好像看到林欣的雙唇挪動了一下。

延江宇愣住，燈光昏暗，他又連續熬夜好幾天，他以為自己眼花，湊過頭試探性地問：「小欣？」

「在……你會……在……嗎……」是無意識的囈語。

延江宇垂落眼睫，一雙黑眸被柔情潤得水盈，「我一直都在呢。」

他俯身抱住林欣，輕聲說：「小欣，我一直在等妳回來。」

那晚，他讀書讀到太累，不小心趴在林欣身上睡著，沒見到她微微勾起的嘴角。

他瞇了一會，忽然驚醒。看了看錶，他還有四分之一還沒念完，覺得該稍微讀快一點，決定從病床旁移到桌前念書。

他一起身，手被碰了一下——是想抓住他，但渾身乏力的林欣。

延江宇和她四目相接，表情從呆滯、震驚、喜悅一路變換。

千言萬語，最後都只哽咽在喉頭，化作一句思念已久的呼喚：「小欣。」

這幾年，他無數夜裡都在期盼的時刻，居然如願成真了。

林欣乾澀的嘴唇囁嚅著，幾年沒有睜開眼，她連說話都很吃力。

延江宇用棉花沾了幾口水給她，看林欣還是有話想說，傾下身去聽。

細啞的聲音裡，有藏不住的笑意。

「現在，你能喜歡我了嗎？」

「當然。」

延江宇直起身，輕輕捧起她的手，如視珍寶般護在掌中。

他彎起笑，黑眸彎成一條縫，眼中明耀如初晨。

「小欣欣仙姑，我很喜歡妳。」

（全書完）

番外一

烤我還是烤肉

林欣後來的復健過程很順利。

幸虧她年輕，身體恢復得快，現在除了久站會感到疲憊，已經沒有大礙。她搬回廟裡和林春水同住，再次接下仙姑一職。歷劫歸來，林欣和命緣娘娘之間的同步率大幅躍進，終於不再是位蒙混過關的仙姑。

對此林欣表示，她昏迷時每天都給命緣娘娘請安、搥背、端茶水……爲了取悅美人娘娘，她無所不用其極。

事實證明，諂媚是有用的，神明大人也吃這一套。

至於延江宇，他現在在醫院當「clerk」。

林欣問他「clerk」在做什麼，他回：「當老師的幫手和移動式路障。適時挪開腳步，不要太白目擋到人家救命。」

林欣聽完更加困惑，「路障？怎麼聽起來好沒用？」

延江宇笑笑，面對疑問不多做回答。

平淡的日子繼續過，季節更迭，今年蟬鳴來得早了。

巫有津約社團的大家一起上山找林欣烤肉，再到山旁的祕境淺溪泡腳。

「我有多約雪兒姐姐喔！」林欣在群組裡說：「她最近又分手了，說很需要遠離塵囂，好好來一趟療傷之旅。」

延江宇不知道他這個前男友在的場合適不適合療傷，不過他想林欣和雪兒說好就好，他沒有意見。

到了約定的日子，巫有津開車到醫院載延江宇。王煬和他坐在後座，關依依則占了副駕的位置，眾人出發上山。

一路上，關依依抱著電腦在趕案件進度，邊趕邊罵：「客戶要的東西改了又改！氣死了，我上次就說那樣行不通，那兩個 package 就是 conflict，他不要，那他就 git 回上一版的內容啊？這個不要、那個不要，再吵我就插一個病毒程式，再整包還給他……」

對巫有津來說，小蘑菇吐出來的話，不是動物就是他聽不懂的天書。但他也習慣了，「眞的喔」、「嗯嗯」、「怎麼這樣」，這三張應付牌混著打，足以解決多數聽不懂的窘境。

巫有津終究是在女友的摧殘下，成了比延江宇還會敷衍的人。

延江宇莫名有點同情，下車時，他用一種似笑非笑的表情，意味深長地拍了巫有津的肩，「兄弟，你要加油。」

巫有津深吸一口氣，努力扯出笑容。

他們抵達小廟時，時間接近中午。

小廟裡煙香裊裊，林欣還在神桌前和信眾對話。

「唉唷！一群稀客，快進來坐。」林春水拄著拐杖走出。

自從廟裡香火變繁盛後，她的手持拐杖也鑲了玉。人要衣裝，命緣娘娘要美妝，林春水理所當然地認爲，陪伴老年的好拐杖也該加裝個什麼東西才行。

「婆婆！我們買了好吃的甜餅要來給命緣娘娘。」巫有津像個乖孫一樣，帶了大包小包。

「這家蛋捲吃起來超香！我有多買了幾盒，婆婆你們可以當早餐吃。」他一一介紹起戰利品。

眾人寒暄一陣，正要準備烤肉食材，雪兒剛好也到了。

她一身運動裝，遮陽的薄外套披在肩上，提了兩手啤酒下車。

「妳帶酒？」延江宇疑惑地問：「妳今天打算住這嗎？不然要怎麼開車回去？」

「沒有啊。我明天還有事，這是帶給你們喝的。」

「這裡只有我跟巫有津會喝……」延江宇無奈地看著她，「但巫有津要開車。」

「啊……對耶。沒想到。」

雪兒歪過頭，把兩手啤酒都塞給延江宇，完全沒有給他拒絕的機會，「那就你一人解決吧。啤酒對你來說根本是飲料吧？」

話說完，她一轉頭就看見林欣從廟裡走出，大方地朝林欣揮手打招呼。

但只揮了幾下手，她的眉頭就深深皺起。她走過去輕捏林欣手臂，「林妹妹，天啊！妳怎麼變那麼瘦？平常有沒有在好好吃飯？」

「呃、應該也沒有瘦多少？」林欣跟著看了一下手臂，「前陣子閉關修行，有吃少一點，但我體重沒掉太多，應該……沒什麼問題？」

「妳本來就很瘦了，怎麼可以再繼續瘦……」雪兒擰起眉，回頭指著延江宇，「我健健康康的林妹妹，爲什麼被你顧成這樣啊？」

「黑魔女姐姐，只有長輩才會一直嫌人太瘦，妳也到這年紀了嗎？」

「延、江、宇……」年齡是女人的禁忌話題，雪兒一秒被點燃怒火，咬著牙笑，「你是不是想死？」

不想死的延江宇遠程對嗆完，就溜去處理烤肉食材了。一如雪兒沒有要讓他退回酒，他也完全沒有要承接怒火。

巫有津和關依依負責準備烤爐，王煬原本和他們待在一起，越待越覺得自己像顆電燈泡，於是摸摸鼻子，默默移動到旁邊洗菜。

延江宇在水槽處理著要烤的生魚，洗完手，看到林欣在切蔥花。

他默默觀察了幾秒，實在看不下去，走到林欣身邊，「妳左手抓菜，四指要收起來，像貓手，這樣比較不容易切到指尖。」

「貓手？」林欣很卡地做了動作，頓時連切都不會切了，「呃，什麼意思？」

「就是，妳左手放鬆，虛握。」延江宇拉著她擺姿勢，發現林欣有點肢體障礙。

他搖頭笑了笑，「沒關係，妳去看巫有津他們需不需要幫忙，菜我來切。」

林欣一聽，心中不服，硬是不協調地切完了菜。

一切食材都備妥，這時的王煬已經餓到在啃白吐司。肚子餓的時候，就算只是片吐司也能吃出甜味。

看他一片接一片地吃，延江宇嚥了下唾沫，走過去，拿起最後那片沒人要的吐司皮，加入啃吐司的行列。

烤肉大會，一秒變成啃吐司大會。

其實延江宇沒有很餓，只是對白吐司有點懷念。

延江傾剛走的時候，他在幫裡頓失靠山，有好一陣子都只能吃吐司邊充飢。

他啃著吐司，雪兒看見忍不住捲起報紙敲了一下他的頭，「是餓到你嗎？不要在這表現得像受虐兒一樣。去吃肉！」

延．過去確實是受虐兒．江宇，不敵黑魔女的報紙魔杖和瞪視，匆忙吞下吐司，回到爐邊乖乖烤肉。

「牛五花好好吃喔……」忙了一上午的林欣吃到肉，露出心滿意足的表情。

「妳都不用齋戒之類的嗎？」巫有津問。

「好像不用？命緣娘娘什麼都吃，所以婆婆說我也什麼都可以吃。」

延江宇隱約覺得這句話哪裡不對，那如果命緣娘娘什麼都不吃，林欣也就什麼都不吃了嗎？怎麼感覺林春水說的話不太靠譜？

但巫有津沒有想這麼多，他點點頭，打了一個飽嗝。

一群人專心吃肉，手上忙著烤，嘴上忙著咬，一時無人出聲。

「開個話題好了。」周圍靜下來，巫有津就覺得難受，「嗯……好久沒玩眞心話大冒險了，有人有興趣嗎？」

「都幾歲了，還眞心話大冒險？」延江宇靠著椅背，一雙長腿交疊。

他搖搖頭，「回答問題不難，想問題很難，實在不想動腦。你有什麼想問的就直接問。」

巫有津環顧一圈在吃肉的人，視線落到林欣身上，「我這是在替你著想。像你這種喜怒哀樂都藏在心裡的人，誰知道亂問會不會出事？」

「也是，我的病可能還沒好。」延江宇嗤笑，誰也不知道他是不是說眞的。

他彎起眼，身體前傾，正正經經地建議，「不然你先把麻繩拿出來備著好了，免得等等情況緊急，要找繩子時找不到。」

「延江宇……都考了醫學系，你怎麼沒先醫自己的腦？」

巫有津知道他在開玩笑，還是忍不住翻了白眼吐槽，「你怎麼不提議讓我現在就把你五花大綁？這樣不是更省力？」

「不好吧。光天化日的，小欣還在旁邊。」

「巫弟弟，你要綁他的話，可以讓我來嗎？」雪兒對此興致勃勃。她雙目放光，一臉迫不及待，「我想報以前的仇。狗男人，一點都不懂得憐香惜玉，我記恨很久了。」

話題迅速往十八禁的方向奔馳。林欣見事態即將失控，趕緊插話，試圖拉住這群人，「那個、我們……吃完肉，趁天還沒黑，可以去溪邊？」

這介入太生硬，正在鬥嘴的三人同時安靜了。

片刻，雪兒拍手大笑。她摟住林欣，發自內心感嘆，「林妹妹，妳真的好可愛！」

然而，林欣沒有想到，溪邊會是個更脫序的地方。

巫有津泡腳泡到一半，起了玩心，撈起水想潑延江宇一把。結果，他重心偏了，在苔石上一滑，整個人跌進溪裡，換來延江宇幸災樂禍的大笑。

身為多年好友，巫有津怎麼可能放他笑？既然都溼了，那肯定是要拉人陪葬啊！

「吃我一發水球術啦！」巫有津大喊，像個長不大的孩子。

延江宇連閃都懶得閃，只微微側頭，避免眼睛被溪水直擊。

上衣溼了半件，陽光下，晶瑩的水滴掛在頷角。他抹一把臉，抬起溼漉漉的長睫，笑著挑釁，「你的水球術也太弱了。」

好幼稚……林欣默默遠離兩人，提著拖鞋跑去和關依依坐，以免被水花殃及。

關依依倒是很享受隔岸觀火的樂趣，她哼著歌，讓沁涼的溪水流過腳指縫。

雪兒不知何時也坐到了她們身邊。看著延江宇溼透的上衣貼緊皮膚，好身材一覽無遺，她想起他們曾一起度過的夜晚，「他身材幾乎和以前一樣，有夠養眼。太神奇了，念醫學系還會有時間健身嗎？」

「我也不知道他忙不忙？正常來說應該挺忙，但也有可能他太混？」林欣說。

「妳看他有沒有時間找妳，就知道他忙不忙啦！」雪兒露出一個微妙的表情，慢慢湊到林欣耳邊，「小欣……我偷偷問妳，你們做過了沒？」

「做……做什麼？」

「你和延江宇上過床了沒啦？」

「嗯？」林欣瞬間臉紅，眼神往旁邊飄，「沒、沒有？」

「有就有，沒有就沒有，回答得這麼遲疑是什麼意思啦。」

雪兒竊笑，雙手一伸，抱住林欣這個人型娃娃，「小小隻的，有夠好抱。延江宇哪天再犯賤，妳甩掉他，跟我在一起好了。」

沒想到，林欣聽了卻說：「嗯……說不定，我現在說要跟妳在一起，延江宇也不會有意見？我之前說他和巫有津很配，他也沒有反駁。」

雪兒一方面認爲，他們這群人的關係，還是不要變得更複雜比較好；另一方面，她百分之百同意林欣的話——那兩人眞他媽，超配！不單是配，還配得攻受分明。

「巫弟弟一看就是在下面的。」雪兒偷笑，「話說回來，延江宇在床上很溫柔喔。欠缺的人品，可能全補在床技了。眞想知道他到底是交了幾任，技巧才這麼好？」

雪兒想了想，「嘖，乾脆直接問他好了。」

念頭一起，她也沒什麼好顧慮，她朝遠處揮手，「延江宇！你過來一下，我們有事想問你。」

林欣感覺自己被拖下水了，她很想說「不是我們」，這問題只有雪兒想問。

延江宇聞聲回首。他早脫掉溼透的上衣，水珠自鎖骨滑下，沿著肌肉線條，流過胸脯、腹肌，再落回溪河。

他沒有遲疑，涉水來到雪兒面前，饒富興致地看著在竊竊私語的兩位。

「妳們的表情，看起來很危險啊……怎麼，現在是烤完肉了，換成烤我嗎？」

延江宇嗓音溫沉，他唇角微勾，似笑非笑地看向雪兒，「果然，不該讓妳出現在這才對。」

雪兒懶得在那東扯西扯，探聽八卦的心態熊熊燃起，「喂，你老實說，你以前到底交過幾任？純約炮的就不用算了，我知道你沒有在記。」

「哈……這麼直接，妳一來就問這種辛辣的問題？」延江宇笑著挑眉，「烤肉沒塗的辣醬都打算塗到我身上了嗎？」

「你不要逃避問題。我幫林欣問的，快回答喔。」

「認眞講的話……」延江宇思考了會，面不改色地說：「小欣當然是第一任。」

他表情沒半點心虛，雪兒誇張地大嘆，她低估了延江宇的厚臉皮！

關依依用腳推了一下姍姍來遲的巫有津，「你看看人家，求生欲多堅強。」

「那不是求生欲堅強，是太會講話……」巫有津深知朋友的能言善道，他從不覺得自己學得來，「多智近乎妖。他哪天想認眞劈腿，肯定是時間管理大師。」

「延江宇，你睜眼說瞎話？說謊打一下草稿好不好？」雪兒手心朝天一攤，「小欣是第一任，那我是什麼？」

「妳嘛……」延江宇偏過頭，眼底笑意不減，「朋友？」

「朋友？現在才是朋友，以前是打發時間用的免洗餐具吧？」

「雪兒，我們要活在當下啊，再細究下去就傷感情了。」

「你這種人！」雪兒自知說不過他，最後伸直長腿，洩憤似地踹他一腳，「遇到林欣眞的是三生有幸，給我好好珍惜！」

延江宇穩穩站在溪裡，放任那一腳踢中腰部，不痛不癢。

風起了，他轉頭看向林欣，嘴上弧度不減，眼中卻已收起輕浮。

在這短短一刻，林欣恍然間感覺自己終於看懂了他。

蛻下嬉鬧的皮，一個遍體鱗傷的靈魂還有多少力氣去愛人？他口中的第一任，說不定是真心話。

「我會珍惜的。」他說。

延江宇走上岸，走向在岸上等他的人。

水滴沿身滑落，打溼腳邊碎石，留下一條行經的痕跡。他想，人生便是如此，不堪的血與淚終會溶於水中，留在身後。

「我守了好久，才守到妳醒……」他停在林欣面前，牽起她的手，「會珍惜的，一定。」

林欣抬頭，從他眼中看見自己。

那氣質空靈、繁紋在面的自己淺淺一笑，輕啟朱唇——祝福你們。

暖意縈繞胸口，林欣回握那雙溫暖的手，低下頭，很輕地「嗯」了聲。

時間不停，只要繼續走下去，未來就在遠方。

番外二

白沙與血海

小時候的延江宇沒見過海，那是他去不了的地方。

他的父親不曾帶他出遊，更遑論他的母親——成天跪在神壇前的女人。

他討厭父親身上的酒氣，更鄙視母親燃香時痴傻的神情，這個破碎的家，他厭惡至極。

自他有記憶以來，哥哥就是他的天。他常想，如果沒有延江傾，他可能早已死去。

延江傾大他八歲，長兄如父，包辦他的吃喝拉撒、夏衣冬被，還有延江宇每天期待的睡前故事。

「海裡有多少水呀？」聽完小美人魚的故事時，延江宇忍不住問。

「非常多喔！非——常——多——所以海才養得了數不清的魚。」

「嗯。」延江宇對這回答不是很滿意，感覺他被糊弄。

但他的問題來得快，去得也快，又拋出另一個疑問，「海這麼大，又有這麼多魚，小美人魚爲什麼要離開海？好笨。」

「因爲她喜歡的人在陸地上。」延江傾笑彎眼，眉宇間是道不明的溫柔，「她願意爲了心愛的人犧牲自己。喜歡一個人是不用理由的。」

隔幾天，他帶了一小罐白沙給延江宇。

「這是存在於陸地和海洋交界處的沙子，很漂亮吧！沙岸是小美人魚擁有雙腳後，第一個踩上的地方。踩上沙岸的那一刻，對她來說意義非凡，會一直留在她的心裡。」

延江宇將白沙握在手心，仔細端詳，粒粒白沙輪廓各異，精緻美麗。

但說實在，他不懂童話。童話裡的人又蠢又笨，會做出一堆他無法理解的事。

可是，他太喜歡和哥哥相處，所以總以「想聽故事」爲藉口，要求延江傾將睡前時間留給他。

在他的印象中，母親從不念故事，那女人最後留給他的記憶，停留在一個微涼的清晨——

他想去廁所，走出房間，卻在客廳看到癱軟在地的一具身軀，臉部朝下，一動不動地趴倒在神壇前。

他忘記自己是不是哭了，大概是有哭，所以延江傾才會醒來。

「我們離開這裡。」

延江傾俯身，摀住他的眼。

延江宇隱約知道，他生在一個大家庭。這裡的所有孩子，有一個共同的父親。

牽著哥哥的手，延江宇來到父親面前，縮起脖子，初春的風吹得他牙關打顫。

「父親，王美娜死了。」

「娜娜死了啊？」延易捻熄菸，事不關己地問：「怎麼死的？」

「不知道，可能嗑太多了。」

「唉，娜娜啊……早跟她說過了。」

延易聳聳肩，露出一個無可奈何的表情，對旁邊的人使了眼色，「去把屍體處理掉。順便，叫你們齊娘過來。」

延易一聲令下，身邊沒人敢怠慢，不久，一位美豔的少婦走了進來。

「從今天開始，她就是你們的媽了。」延易沒有要尋求他們的同意，在這裡，凡事他說了算。

延江宇愣愣地看著那張濃妝豔抹的臉，下意識把哥哥的手牽得更緊。

原來，他可以有好多個母親，那個神壇前的女人根本不重要。

齊娘欣然接受安排，她朝他們兄弟走去，伸手摸摸延江宇的頭，捏了捏他的臉頰。

「好嫩啊！」她笑道。

指尖力道加大，刺破小孩薄嫩的皮，延江宇疼到眉毛絞在一塊。他無辜地看著齊娘，淚水在眼眶打轉。

「齊娘。」延江傾把延江宇往身後一拉，擋在他面前。他朝女人微微躬身，「請多指教，我是他哥。他平時很乖，不會打擾到您的，隨便養就好。」

延江宇嚇到了，他從沒聽過他哥用這種語氣說話。延江宇就算受了皮肉傷，也沒有退任何一步，然而延江傾此時散發的氣息，卻讓他本能地豎起寒毛。

「怎麼會打擾！太見外了，你們現在都是我的孩子。」齊娘笑得花枝亂顫。她讓兄弟倆收拾好東西，準備帶他們到新房間。說是新房間，其實空間比他們原來的房間還小，幾件毯子鋪在地上，就算是簡易的床墊了。

齊娘一走，延江傾馬上用清水洗淨延江宇臉頰的血汙。他細細撫過那道傷——一彎指甲痕，在小臉上格外明顯。他蹲下身，心疼地問：「會很痛嗎？很痛的話，哥哥幫你找藥。」

會痛，但並不是痛到難以忍受。

延江傾能受延易青睞，讓兄弟倆都冠上延姓，靠得是骨血裡流的狠勁。他的衣服底下，或深或淺的傷疤覆蓋住肌肉線條，未癒的傷口若不小心拉扯，還會滲出點點腥紅。

那大概才叫做痛。

延江宇想是這麼想，小戲精的毛病卻犯了。他帶著淚眼囁嚅：「痛……」

他不知道他哥是不是早就看穿他的演技，或許回答不痛，他哥還是會去找藥。這種無微不至的照顧，和小美人魚爲愛捨去雙腳一樣盲目。

王美娜身亡的事折騰了大半天，延江宇累到不停打瞌睡，被延江傾哄去休息。

他叫哥哥留下，可是延江傾搖頭，拿起外套就走向房門，經過門口時還駐足一會，像在思考。

延江宇坐在床上，看了半晌，才意識到他在看什麼——房間門只能關，不能鎖。

這是一扇壞掉的門，和一塊大木板沒有區別。

他那時還不知道，不能鎖的門是什麼意思。

晚上，延江宇迷迷糊糊間，聽到身側被枕摩擦的聲音。

「哥哥？」

「你哥在忙呢！媽媽陪你。」

他瞬間驚醒，人工的花香味慢了一步飄入鼻腔，濃重得讓他反胃。

該怎麼辦？大吼大叫不是個好選擇，他現在可是寄人籬下，太過激烈的反抗將招致難以預測的後果。

齊娘見他不說話，嬌笑一聲，撐起上身看向他，「眞可憐啊……娜娜平時就少根筋，肯定不知道怎麼帶小孩吧？沒關係，以後齊娘疼你。」

齊娘衣襟半敞，細髮垂落，笑得柔媚又妖嬌。

透白月色照進屋內一角，她的紅指甲在冷光下化作一把染血小刀，讓仰躺在床的延江宇動彈不得。

他感覺女人的指尖撫上臉頰的傷，那一條止了血的紅痕，再度被破開。

他緊緊閉眼，告訴自己「不痛的，還能好手好腳躺在這就要知足」。

在延江傾面前，延江宇總扮演著一個天眞又長不大的弟弟，但在這種環境，誰又能高枕無憂？

「江宇，你和江傾平時感情怎樣？」她的食指沿著他的下頜遊走，一路滑過頸側血管。

「我看他平時說話溫溫和和，還以爲是打雜的。有次聽延爺講，他是幫裡數一數二的打手。我以前不信，直到今天見到你哥，他那眼神眞的——呀！放手！」

齊娘忽然發出痛苦的尖叫，她上身向後一仰，如被人抓住長髮向後扯。

來者無聲無息，腳步極輕，像夜裡的羅剎鬼，生於幽冥，冷血無情。

「出去。」延江傾鬆開手，聲音不容質疑。

齊娘看清來人的臉，很快就從驚慌中平復。

她調整表情，風情萬種地貼近，一手撫上對方胸膛，「別這麼凶！我剛認識你們，該跟你們多多培養感情——」

延江傾掐住她的手，眉眼低斂，「出去。別讓我說第三次。」

月光下，延江傾臂上的血成了最冷豔的妝彩，齊娘的紅唇、紅甲都要相形失色。血腥味逐漸溢散，壓過齊娘身上花香，成了主宰這個空間的味道。

延江宇不由自主地嚥了口水。

齊娘「嘶」一聲，抽回手，眼神哀怨地仰視眼前面無表情的男人。

兩人無聲對峙，在這地方，越狠絕的越碰不得。

幾秒過後，齊娘撇開頭，拉好半開的上衣，狼狽地退出房間。

氛圍舒緩，房內凝滯的時間又開始流動。

延江宇像是終於記起如何呼吸，大口、大口地喘起氣。

延江傾有一瞬的不知所措，想上前安撫弟弟，卻意識到自己滿身血汙，捨不得將面前的小孩弄髒。

他的諸多顧慮，並沒有進到延江宇腦裡。齊娘一離開，他便從被窩裡爬出。好不容易地爬到床尾，用力抱住他僅存的親人。

他不想在哥哥面前哭，可是眼淚不聽使喚。

延江傾身體僵硬了一下，才放鬆姿態，伸出鮮血半乾的手回摟。

「以後若有機會，你要去上學、去認識人、去看看外面的世界……不要像我這樣。」他輕拍延江宇後背，嗓音沉沉。

這晚之後，延江宇再也沒看過齊娘。

他們兄弟，都流著逢場作戲的血。

延江傾有兩張臉，他把善良溫柔那一面留給弟弟，將掙扎求生的狠戾都藏在背後。延江宇看在眼裡，看破不說破。

後來，延江宇又長大了一些。

他偶爾會聽到幫裡兄弟說他哥在外做了些什麼，但延江傾從沒和他講過相關的事。在他面前，延江傾似乎就是一位故事講得極好、溫柔又平凡的哥哥。

「江宇，你要好好謝謝你哥啊。他眞的護崽。」棕狗就曾感嘆地對他說：「若他不在，現在你可能連人埋在哪都不知道嘍！」

然而，隨著年紀漸增，延江宇越來越無法忽視延江傾衣服下積累的傷。

那些血，到底是他自己的，還是誰的？

他看著刻在手足身上的疤，感覺那一道道傷像透過血脈印到了自己的身上，不存在的痛感讓他飽受折磨，越發難以忍受。

好幾次他從惡夢中驚醒，會偏執地轉頭確認身旁的人還有呼吸，才敢再次入睡。

夢中，豔色的血紅，無邊無際。

「海裡有多少水呀？」

「非常多喔！非——常——多——」

「怎麼樣才叫很多？」

這個難解的問題，他在夢裡得到了答案。

腳踩一方白沙，放眼無盡血海，延江宇在夢中，看到了海的遼闊。

夢裡的他不知恐懼，好奇地伸長脖頸，想知道這麼多的液體是從何而來？

他看到不遠的地方，有另一處小白沙島。

島上站著一人，像在回應他的視線，轉過頭，露出一張熟悉側臉。

延江傾莞爾一笑，遠遠地朝延江宇揮手，源源不絕的鮮血自他心口流出，如細河入海。

某一晚，他實在忍不住，拉住延江傾的手，「哥，我想離開這裡，我們逃出去好不好？」

延江傾沉默一會，摸摸他的頭，「好。」

他答應得極其自然，彷彿只是個微不足道的請求。

延江宇想的，延江傾自然也想過。

他不是自願留在這地方，可是人生在世，隨心的事又有多少？

爲了在五鏈幫立根，延江傾樹立了太多仇人，一旦離開，他心知肚明，他哪裡也去不了。但他弟弟不一樣，延江宇沒有那麼多包袱，趁早離開這鬼地方，他的未來就能不一樣。

「我要一個身分，讓他可以上國中。」

延江傾找上延易時，提的要求很簡單，「去學校，走正規教育。江宇頭腦好，不培養太可惜。」

延易早料到會有這一天，可他沒有馬上應允，只是笑了笑，「那你就不可惜？」

「可惜啊。」延江傾微笑以答，他在延易面前，總維持著一張虛假的笑臉，不慍不怒，更沒半分情分。

「可惜的事太多了，父親。齊娘被我殺了，您不可惜？」

延易不以爲然地聳肩，「一個打雜的而已，有什麼好可惜？」

他接著說：「要說可惜，我可惜你啊！你比江宇好太多。坐到這位置，別的不說，我看人的眼光肯定準。你說江宇頭腦好，但，光有頭腦能成何用？一鐵棍下去，只要是人，流出來的都一樣。你殺人眼都不眨，他打個人就哭哭啼啼，他沒有你好啊！」

笑容成了最好的僞裝，連善於洞察人心的延易，也看不出延江傾說了謊。

其實，他並不可惜。

如果犧牲自己能讓延江宇有機會脫離這個牢籠，那他甘之如飴。

後來，延江宇終於見到了海。

海水很清，光是看著就能讓人拋去心頭煩悶。他逐漸可以懂爲什麼延江傾喜歡海。

原來，沙岸踩起來是這個樣子。

延江宇赤腳走入海中，浪花一波波打上小腿，透涼，像一群喧鬧又透明的小精靈。

啵！

他拿出口袋中一小罐白沙，拔開瓶塞。

玻璃罐很久沒打開了，一捏木塞，邊角就碎化成粉狀。

延江宇搖了搖瓶子，把因受潮而沾附在玻璃內側的沙子都搖落，彎腰，將白沙輕輕倒回海裡。

等罐裡最後一粒沙都回歸水中，他才直起身，望向不見盡頭的海天一線。

遠方的海，平和、寧靜、包容，一如記憶中的人。

比起困在小小的骨灰罈中，延江傾更適合這樣的歸宿。

「海很適合你。」他低語，希望風能將呢喃帶往彼岸。

「下輩子，我們再做兄弟。」

後記

給正在追尋快樂的你

自從編輯提到「實體書要一篇後記」，我就一直在想，後記要寫什麼呢？

「嗨，我是媛媛，很高興透過這本書遇見你！」

這樣嗎？總感覺太規矩又太輕快了，好不適合我。雖然寫這故事的過程非常愉快，但我想，大概也沒這麼歡樂吧？

題外話，如果要替這本書打個歡樂分數，一到十分，大家會打幾分呢？我發自心底好奇你們的答案。歡迎來任何能找到我的地方，跟我說你的分數。

回到正題，《在心跳停止前，交個朋友吧》是我第一本商業出版的作品。

說實話，出道作風格如此輕鬆，是我始料未及的事。我翻遍雲端檔案，找不到和這本一樣明亮的作品。當然，現在的我依舊寫得出幽默橋段，一樣能讓人覺得好笑，不過八成會是黑色喜劇，跟青春戀愛無緣。

這本書，歡樂、正向、充滿希望，但它和現實中的我並不相似。

我不是這麼樂觀的人，不樂觀，卻也不悲觀。

世上有太多無解的事，我覺得延江傾的犧牲是必然，也覺得林欣的努力該帶來轉機。

救贖者的角色我不是第一次寫，但如林欣一般活力充沛的救贖者，鮮少出現在我筆下。在我心中，布道免不了披荊斬棘、傷痕累累，這過程讓人變得內斂沉穩，卻讓青春和浪漫被消磨。

林欣之所以還是林欣，是因爲她背後有命緣娘娘。祂牽著林欣，溫柔地把故事導向還不錯的結局。

慈悲的神明在我這比日本的壓縮機還稀少，主角群多半只能靠自己。

身爲作者，我期待看到我故事的每位朋友，都能從中獲得一些面對現實的動力。

但是，會在後記打出這些話的我，其實並不擅長寫讓人從頭笑到尾的輕鬆向作品。角色們能偶爾嬉鬧，互相講講幹話，擁有一個好結局，已經是我做出的最大努力。

生活不容易，但只要繼續向前，總會迎來改變的吧？

我是這麼想的，眞的。

這不是天眞，在大多時候，我是現實又理性的人。然而，不可否認的，我們需要懷有一點夢想，才找得到堅持的方向。

我曾在粉專裡寫，希望這故事能帶給大家一點快樂。

人生很難一帆風順，不如意的事，笑笑就過了。看看延江宇，人生一度活成爛泥，最後依舊成了事業愛情一把抓的人生贏家。

苦難終會過去。天上神明萬千，總有一個會看顧、憐惜你。

只要有任何一位朋友，能從故事中獲得一點力量，那這本書就有了價值。

我平常寫作不常寫後記，對我來說，寫後記比寫正文還難。這一千多字的內容，我刪刪改改，寫了好久。

我總覺得，在故事結束的當下，作者就已退出故事本身，讀者接收到什麼，都不是我能插手的事。如果我和讀者有認知落差，那是我功力不足，我下個故事會更精準地捕捉我想表達的意象。

話雖如此，我想了想，既然都寫後記了，那在這裡還是稍提一下我在書中夾帶的私心好了。

除了上述的「希望能帶給大家一點快樂」，還包括了不當放生、野生動物走私和遊蕩犬貓等議題。

這些事情，雖然只借了關依依的眼點到為止，但確實是我想傳達的事。

我很愛生養我的這片土地，我喜歡生活周遭的一草一木，也喜歡這地方孕育出的每個生命。我希望能有更多人關注相關議題，即便這很困難，但就像我前面說的，只要繼續向前，未來終會往理想的模樣靠攏。

謝謝編輯和出版方，讓這本書有可以面世的機會。修稿過程中，我大概在心中默念了幾百次的「感謝編輯」。剛開始創作時，我從未想過能有機會出書，這對我來說簡直像是場魔幻旅程！

謝謝身邊朋友，雖然我說話和延江宇一樣機掰，你們還是願意把我抓去吃飯。

謝謝我的家人，讓我健康、平安、衣食無虞地活到現在，我才有辦法做各種我想做的事。

最後，謝謝看到這裡的每位讀者，我會繼續寫作。有空的話，大家可以來粉專找我聊天。我平時沒這麼嚴肅，比起寫後記，我更擅於講幹話，或是分享一些自我流的閱讀心得。

那麼，就這樣，我們下個故事再見:)

骨媛媛

國家圖書館出版品預行編目資料

在心跳停止前，交個朋友吧 / 骨媛媛著. -- 初版. -- 臺北市：POPO原創出版，城邦原創股份有限公司出版：英屬蓋曼群島商家庭傳媒股份有限公司城邦分公司發行, 2024.05
面； 公分. --
ISBN 978-626-7455-12-8（平裝）

863.57 113005169

在心跳停止前，交個朋友吧

作　　者／骨媛媛
責任編輯／黃韻璇　　行銷業務／林政杰　　版　　權／李婷雯

內容運營組長／李曉芳
副總經理／陳靜芬
總 經 理／黃淑貞
發 行 人／何飛鵬
法律顧問／元禾法律事務所　王子文律師
出　　版／POPO原創出版
城邦原創股份有限公司
台北市南港區昆陽街 16 號 4 樓
電話：(02) 2509-5506　傳眞：(02) 2500-1933
email：service@popo.tw
發　　行／英屬蓋曼群島商家庭傳媒股份有限公司城邦分公司
聯絡地址：台北市南港區昆陽街 16 號 8 樓
書虫客服服務專線：(02) 25007718・(02) 25007719
24小時傳眞服務：(02) 25001990・(02) 25001991
服務時間：週一至週五09:30-12:00・13:30-17:00
郵撥帳號：19863813　戶名：書虫股份有限公司
讀者服務信箱 email：service@readingclub.com.tw
城邦讀書花園網址：www.cite.com.tw
香港發行所／城邦（香港）出版集團有限公司
地址：香港九龍土瓜灣土瓜灣道86號順聯工業大廈6樓A室
email：hkcite@biznetvigator.com
電話：(852) 25086231　傳眞：(852) 25789337
馬新發行所／城邦（馬新）出版集團 Cité(M)Sdn. Bhd.
41, Jalan Radin Anum, Bandar Baru Sri Petaling,
57000 Kuala Lumpur, Malaysia.
電話：(603) 90563833　傳眞：(603) 90576622
email：services@cite.my

封面設計／Gincy
電腦排版／游淑萍
印　　刷／高典印刷有限公司
經 銷 商／聯合發行股份有限公司
電話：(02)2917-8022　傳眞：(02)2911-0053

■ 2024 年5月初版　Printed in Taiwan

定價／330元

ISBN 978-626-7455-12-8

POPO原創出版 www.popo.tw　城邦讀書花園 www.cite.com.tw

本書如有缺頁、倒裝，請來信至service@popo.tw，會有專人協助換書事宜，謝謝！